KB110116

진짜 어른이
될 때

진짜 어른이 될 때

발행일	2020년 6월 22일		
지은이	정준기		
펴낸이	손형국		
펴낸곳	(주)북랩		
편집인	선일영	편집	강대건, 최예은, 최승헌, 김경무, 이예지
디자인	이현수, 한수희, 김민하, 김윤주, 허지혜	제작	박기성, 황동현, 구성우, 권태련
마케팅	김회란, 박진관, 장은별		
출판등록	2004. 12. 1(제2012-000051호)		
주소	서울특별시 금천구 가산디지털 1로 168, 우림라이온스밸리 B동 B113~114호, C동 B101호		
홈페이지	www.book.co.kr		
전화번호	(02)2026-5777	팩스	(02)2026-5747

ISBN   979-11-6539-268-0 03810 (종이책)   979-11-6539-269-7 05810 (전자책)

잘못된 책은 구입한 곳에서 교환해드립니다.
이 책은 저작권법에 따라 보호받는 저작물이므로 무단 전재와 복제를 금합니다.

이 도서의 국립중앙도서관 출판예정도서목록(CIP)은 서지정보유통지원시스템 홈페이지(http://seoji.nl.go.kr)와
국가자료공동목록시스템(http://www.nl.go.kr/kolisnet)에서 이용하실 수 있습니다.
(CIP제어번호: CIP2020025196)

(주)북랩 성공출판의 파트너

북랩 홈페이지와 패밀리 사이트에서 다양한 출판 솔루션을 만나 보세요!

홈페이지 book.co.kr   •   **블로그** blog.naver.com/essaybook   •   **출판문의** book@book.co.kr

우리가 한 뼘 자라는 삶의 순간들

진짜 어른이
될 때

청준기 에세이

북랩 book Lab

진짜 어른이 되고 싶다

어린 시절, 유치원 학예회 병원놀이에서 중책을 맡은 적이 있다. 임산부 역할이었다. 제비뽑기로 뽑았지만 임산부라는 말의 뜻도 모르고 매우 중요한 역할이라는 선생님의 대답에 마냥 좋아했던 그때가 기억난다. 그리고 그날, 집으로 돌아가서 "엄마, 나 학예회 임산부 하기로 했어! 근데 그게 뭐야?"라고 자랑했을 때, 엄마의 '빵' 터진 표정이 아직도 아른거린다.

엄마는 대답 대신 누나의 보라색 원피스와 배에 넣을 수건 두 개를 꺼내 오셨다. 나는 그것을 보고 난 후에야 역할을 감지했고, 세상을 잃은 표정을 지으며 펑펑 울었던 기억이 강하게 피어오른다.

. . . .

며칠 후, 학예회 발표 시간이 다가왔다. 모든 유치원생과 그들의 부모님이 참석하는 자리였다. 친구들은 화려하게 꾸며 놓은 학예회 날을 설레하며 여기저기 뛰어놀았지만 나는 한쪽 구석에서 임산부 옷을 입고 시무룩한 얼굴을 하고 고개를 푹 숙이고 있었다. 그런 기죽은 모습이 학예회에 오신 학부모님들의 마음을 짠하게 했을까? 오고 가는 모든 어른이 나에게 "오늘 제일 멋진 역할을 맡은 아이"라며 칭찬을 해 주었다. 그러면서 과자를 그렇게들 주시는데, 나는 학예회 시작 전에 과자 선물을 가장 많이 받은 아이가 되었다. 그럼에도 마음의 어려움은 쉽게 떠나지 않았다. 삐죽 나온 입은 들어가지 않았다. 학예회 시작이 다가왔고 무대 커튼 뒤에서 여전히 힘들어하는 나에게 유치원 선생님이 오셨다. 선생님을 보자, 눈물이 왈칵 쏟아질 뻔했지만, 선생님은 내 양팔을 잡고 말씀하셨다.

．．．．．

"준기야, 선생님 봐 봐. 여기 오신 많은 어른이 준기를 응원하고 있어. 임산부 역할은 너니까 할 수 있는 거고, 준기는 반드시 잘할 거야. 무엇보다도 선생님은 준기를 믿고 있어."

선생님의 확신이 담긴 음성이 마음에 닿았나? 이때부터 조금씩 임산부 역할이 특별하다는 생각을 하게 되었고, 자신감도 조금씩 생겼다. 학예회가 시작되고, 배를 잡고 "배가 아파요, 의사 선생님!"이라며 뒤뚱뒤뚱 걸어오는 어린아이의 넉살에 모든 어른들은 빵 터졌다. 덕분에 무대를 마치며 한 명씩 무대로 걸어 나와 인사를 하는데 유일하게 기립 박수를 받을 수 있었다.

무대에 오르기 전, 틈만 보이면 도망가고 싶은 충동이 계속 들었다. '아프다고 배를 잡고 바닥에 뒹굴까? 아니면 어디 숨어 있을까?'라는 생각은 분, 초마다 들었지만 그때마다 어른들의 응원이 무대에 설 수 있도록 용기를 주었던 것 같다. 그리고 그

....

용기가 나를 무대의 주인공으로 만들어 주었고, 그날 가장 큰 박수와 환호를 받을 수 있었다.

이번 세 번째 책을 쓰기 전 '어떤 글을 쓸까? 어떤 이야기를 담을까?' 고민하는데 며칠 전 태어나서 처음으로 무대에 올라야 했던 친구들에게 내가 했던 격려와 응원이 떠올랐다. 그러면서 문득 어린 시절 내가 받았던 격려와 응원이 떠올랐고 '진짜 어른에 대한 글을 써야겠다.'라고 생각했다.

20살, 평범하게 자란 나에게 꿈이 찾아왔다. 그때의 감격은 지금까지 꿈을 지킬 수 있는 원동력이 되었지만, 꿈이 소중했던 만큼 좌절과 절망을 동반한 늪에 빠진 듯한 고통의 시간이 참 많이 있었던 것 같다. 그때는 상황마다 남 탓을 하고, 불평

．．．．

도 하고, 불만도 갖고, 비난도 하고, 도망도 가고 싶고, 화도 내고, 많이도 그랬던 것 같은데. 지나고 보니 모든 고통의 순간까지 '여러모로 감사한 시간이었구나.'라고 고백할 만큼 담대해졌고 성장했다.

고통의 시간을 극복하는 여러 순간에는 매번 사람들의 도움이 있었다. 누군가는 내 두 눈을 마주 보며 "할 수 있다."라고 용기를 주었고, 누군가는 살포시 선물을 건넸다. 누군가는 진심 어린 편지로 위로를 전했으며, 누군가는 한바탕 웃음으로 늪에서 빠져나오게 만들었다. 오늘도 그렇게 위로를 받기 위해 누군가와 대화를 하고 있는데 이야기 말미에 그가 말했다.

"준기야, 이제는 받을 때가 아니라 줄 때인 것 같아. 많이 나눠 줘."

짧은 그의 한마디는 수년간의 삶을 만지는 느낌이었다. 내가

· · · ·

생각하는 진짜 어른에 가까운 은사님의 대답이었다. 진짜 어른
이 인정해 주니 '아, 이제 내가 진짜 어른이 되었구나.' 싶었다.

　그래서 이제는 주기 위해, 그리고 진짜 어른이 되기 위해, 또
다시 책을 쓴다.
　나이는 진짜 어른의 조건이 될 수 없다는 사실을 확신하는
요즘, 진짜 어른의 조건을 찾는 요즘, 누군가를 다시금 일으키
는 것을 경험하는 요즘. 잊고 살던 감사가 한번에 몰려왔고 문
득 이런 생각이 들었다.
　'참… 좋다…'
　내가 그토록 원했던 진짜 어른이 아닌가.
　응원과 격려, 배려와 감사로 얼룩진 삶을 다시금 기록하고
싶다.

． ． ． ．

 책을 읽다가 문득 마음에 스치는 소리가 있다면 같이 나누면 좋겠다.

 지금, 우리는 서로에게 진짜 어른이 되어 줄 때이다.

마이크 잡는 예술가이자 사회자

정준기 드림

목 차

큰형이 들려주는 이야기

살면서 '큰형이 있었으면 좋겠다.'라고 생각한 적이 많다.

상상 속 큰형의 존재감은 위기 속에서 더욱 빛나 보였다.

고민이 있을 때마다 자신의 주관을 똑똑하게 이야기해 주는 큰형은 듬직했고,

지쳐 있을 때 아무 말 없이 꽉 안아 주는 모습은 아름다웠다.

난 이런 섬세한 마초 같은 큰형이 참 멋있었다. 큰형은 진짜 어른이다.

큰 형

말솜씨

상대방과 대화를 잘하고 싶은 사람
대중 앞에서 말을 잘하고 싶은 사람

어린 시절, 나는 재치 있게 말을 참 잘하는 아이였다. 발표도 잘하고, 토론도 잘했지만 그만큼 대꾸도 잘했고, 변명도 잘했기에 '등짝 스매싱'을 맞았던 재미난 기억도 많다. 그러나 학창 시절, 정규 학업에 있어서 유일한 장기였던 말하기는 일절 쓸모없는 것이 되어 있었다. 그렇게 돌고 돌아 다시금 공식적으로 마이크를 들고 말하는 아이가 되었을 때, 이제야 제자리를 찾은

큰형

느낌이었다. 그래서 마이크를 들고 말하는 것만큼은 정말로 진지하게 임했던 것 같다.

'어떻게 하면 말을 더 잘할 수 있을까?', '어떻게 하면 말로 분위기를 좋게 만들 수 있을까?', '어떻게 하면 부드럽게 진행할 수 있을까?', '어떻게 하면 말로 감동과 희망을 전달할 수 있을까?', '어떻게 하면 자신감 있는 대화를 이어갈 수 있을까?' 등의 말에 대한 고민은 지금까지도 한시도 떠난 적이 없다. 그만큼 많은 책도 보고, 강연도 보고, 무대에 오르면서 나름의 고심과 연구 끝에 지금은 내가 원하는 만큼 말을 잘할 수 있게 된 것 같다. 그래서 말솜씨 비법을 뽐내 보기로 했다. 누군가에게 도움이 되었으면 좋겠다.

인상이 말하기에 대부분의 비중을 차지하는 이유

나는 인상이 매우 좋은 사람에 속한다. 태초부터 선한 인상은 아니었고, 작은 일에도 입을 크게 벌려 웃는 습관 덕분에 생긴 주름들이 점점 친근한 인상으로 보이게끔 자리 잡았다. 그 덕분에 나이가 들수록 친근한 인상을 이유로 단골집이 점점 늘어났다. 방문 횟수가 많아서, 혹은 쓴 액수가 많아서 단골집이 되기보다 사장님들이 먼저 나를 기억해 주는 경우가 대부분이었다. 실제로 처음 간 식당에서 사장님이 직접 나오시면서 "왜 이렇게 오랜만에 왔어요?"라며 서비스를 주는 경우도 종종 있을 정도였기 때문이다.

그때마다 나도 특유의 넉살을 부리며 "에이, 사장님! 저 오늘 처음 와요. 그런데 앞으로 자주 올게요."라고 말한 후 입을 벌려 "하하" 크게 웃으면 자연스럽게 단골로 이어졌다.

이처럼 얼굴에 좋은 인상이나 특유의 친근함이 묻어 있는 사람은 자기도 모르게 얼굴 주변의 근육들을 자주 사용하고 있을 확률이 높다. 이렇게 되면 '아에이오우' 등의 입을 크게 벌려 발음하는 글자들을 내뱉을 때, 입 모양과 얼굴이 발음에 따라 움직이게 되고, 상대방으로 하여금 눈과 귀로 동시에 듣는 효과가 있기 때문에 비교적 정확하게 말을 전달할 수 있게 된다.

이처럼 "안녕하세요?"라는 인사를 건넬 때도 입 모양과 얼굴이 발음에 따라 움직인다면 상대방에게 전달되는 파급력은 평소의 두 배가 되는 것이다. 그렇게 되면 상대방은 평소보다 밝은 인사를 받았다고 생각할 것이고, 어느새 주변에 인사성 밝은 아이로 자리매김할 것이다.

말, 몸짓, 표정의 삼위일체가 동화 속 주인공을 만든다

말을 할 때는 몸짓과 표정을 일치시킨다. 이것은 사실 무대에서 많은 도움이 되는 방법이다. 하지만 실제 생활에서도 이렇게 말할 수 있다면 상대방은 재미난 동화를 가까이서 듣는 기분을 느낄 수 있다. 이내 내 이야기에 쏙 빨려 들어와, "이야기하다 보니 동화 속 캐릭터랑 이야기하는 것 같아."라는 말을 하는 경우가 종종 생기게 된다.

이때부터는 동심을 자극해서인지 아니면 현실 밖에 있는 캐릭터라고 생각해서인지 "요즘 어떻게 지내?"라는 짧은 질문에도 상대방이 자신의 깊은 속내를 꺼내는 경우가 많았다. 덕분에 "어디에서도 말하지 못했던 건데…. 이상하게 너한테는 다 말하게 되네."라며 비밀스러운 대화를 나누었던 기억이 많다.

이어 최선을 다해 상대방의 이야기를 말, 몸짓, 표정을 삼위일체 하고 듣다 보면 실제로 몇 마디 말을 하지 않아도 "말을 너무 재미있게 들어 주어서 오늘 내 이야기를 마음껏 할 수 있었고, 참으로 뜻깊고 재미있는 하루였어."라는 말을 듣게 되었다.

이것은 크게 말을 하지 않고, 말을 잘하는 사람처럼 인식되기 좋은 방법이기도 하고, 상대방의 대화를 이끌어 내는 방법이기도 하다. 그러나 말, 몸짓, 표정의 삼위일체는 상대방을 향한 진심 어린 마음에서부터 시작이라는 점을 반드시 알아야 한다.

말 톤의 높낮이가 말에 생기를 불어넣는다

말 톤은 매우 중요하다. 말의 높낮이 차이가 클수록 상대방에게 나의 공감과 진심을 더 분명히 전달할 수 있다. 이것은 곧 말의 생기를 불어넣는 일이다. 난 모든 노래를 한음으로 부르는 음치지만, 말 톤의 높낮이는 누구보다 넓은 음역에서 움직일 수 있다. 그래서인지 평소에 "준기에겐 선물해 줄 맛이 나.", "맛있는 거 사 줄 때 보람이 느껴진다."라는 말을 많이 들었다. 내가 할 수 있는 최대한의 음역을 이용해 감사를 전했기 때문이다.

보통 말의 높낮이에 대한 설명은 이렇게 할 수 있다. 물음표

일 땐 톤을 올리고, 마침표일 땐 톤을 내리고 정도 등이 있을 것이다. 그러나 나는 이것에 한 가지 톤을 더 추가하여 말하는 방법을 설명하고 싶다. 예를 들어 '감사합니다.'라는 다섯 글자에도 색다른 음역을 넣을 수 있다. '감~사합니다.', '감사합니다~', '아이고~ 감사합니다.' 물결표를 붙였을 뿐인데 생기가 도는 것 같은 이유가 바로 그것이다. 이처럼 물결표대로 음을 넣는다면 상대방은 말의 생기를 느낄 것이다. 이것이 사람들이 내 말에 생기가 느껴진다고 말하는 이유다. 덕분에 생기를 받은 사람들은 친히 밥을 사 주거나, 작은 선물을 해 줘도 아까워하지 않는다. 물론 이것들도 진심 어린 마음이 먼저다.

말의 호흡과 말투는 삶의 태도와 같다

나를 가장 힘들게 하는 것이 있다면 단연 최고는 미래에 대한 불안감이었다. 그렇게 갑작스럽게 불안감이 닥칠 때면 방에만 있고 싶었지만, 방에서 더욱 끊임없이 좋지 않은 생각이 들어 꼭 누군가를 만나려 했다. 하지만 그날의 대화는 대부분 비판과 부정적인 생각이었고, 말도 툭툭 내뱉는 모습을 발견했다. 평소의 대화에선 "그렇구나."라는 공감의 말을 많이 했다면, 그날은 유독 "그런데 뭐?"라는 공격적인 말투가 흘러나왔다.

반면 아주 기쁜 일이 연속일 때도 있었다. 일주일 동안 쉴 틈 없이 강연, 방송, 사회, CF 촬영을 했을 때였다. 미래에 원했던 분주한 삶을 살았기에 스스로가 뿌듯했고, 그때도 누군가를 만나 표현하고 싶었다. 그러나 이날 만남 또한 좋은 기억으로 남지 않았다. 바쁜 만큼 쉬지 못해서였을까? 그날은 말도 빨랐고, 쉼표 없이 '따다다 다' 핵심 없이 분주하게 말하는 모습은 상대방을 금방 지치도록 만들었다.

이처럼 평소에 일상에서 짜증을 내는 상황이 많다면 말에도 짜증이 섞여 나왔고, 호흡까지 가빠져 상대방이 듣기 힘들어했다. 또 무기력증에 빠져서 아무것도 할 수 없는 때는 '어휴'라는 한숨이 섞여 상대방으로 하여금 지치도록 만들었다.

그래서 평소에 일상에서 어떤 생각을 하고, 어떤 삶을 살고 있었는지가 말하기의 기본이 되는 것이다.

그렇기에 매번 차분하게 살기 위해 노력한다. 어떤 이유에서든지 기분이 들뜨려고 하면 '차분하자.'라며 마음을 토닥였고, 너무 텐션이 낮아진 상태라면 살짝 올리기 위해 댄스 음악을 들었다. 기쁜 일이 있어도 '감사하네.'라고 담백하게 표현하는 방법을 배웠고, 반면에 슬픈 일이 있어도 '오늘은 조금 힘드네.'라고 담담하게 고백할 수 있었다.

이렇게 살다 보니, 요즘은 균일화된 말의 호흡이 생겼다. 그리고 이때부터 상대방이 내 말을 듣는 것을 편안하게 느끼기 시작했다.

마지막으로 매일 상상했다

마이크 잡고 말함으로 인해 사람들이 감동하고, 용기를 얻고, 행복을 얻고, 희망을 나누며, 무엇보다 다시 일어설 수 있는 원동력을 줄 수 있는 무대를 상상했다. 처음에는 말솜씨가 단순히 '어떤 말을 재미있게 해야 하지?'라며 말에 대한 다양한 콘텐츠를 갖고 있는 것으로 생각했다면, 지금은 상대방이 말하는 것들을 '정리해서 다시 말해 주는 실력'이라고 생각한다. 그러다 보니 상대방의 이야기를 집중해서 듣기 시작했고, 잘 듣다 보니 어느새 주변에 나를 응원해 주는 사람들이 모이기 시작했다. 그러다 보니 사람이 좋아졌고, 자연스럽게 모두를 기대하고 응원하게 되었다.

　이처럼 말솜씨에 대한 나만의 철학이 있다. 이제는 때에 따라 자유자재로 듣고, 말하고, 공감하고, 조언할 수 있는 요즘이 진짜 어른에 가까워지는 것 같다.

〈나눔 질문〉

Q. 말로 인해서 오해받았던 상황이 있다면 무엇인가요?

Q. 말에 진심을 담는 방법은 무엇이 있을까요?

Q. 말솜씨가 중요하다고 생각했던 경험이 있나요?

진짜 어른이 될 때

때를 기다릴 줄
아는 사람

자신의 삶이 바쁘다고만 생각하는 사람
어떤 때를 기다리다 지친 사람

인생에는 각자만의 때가 있다고 사람들은 말했지만 20대 초
반, 이루고 싶은 것이 많은 나로서는 그 말을 쉽게 납득할 수 없
었다. "나의 때는 주도적으로, 스스로 만드는 것이야!"라고 외
치며 살았던 과거에는 노력 여부에 따라 당장이라도 나의 때를
만들 수 있을 것만 같았기 때문이었다. 내 생각이 옳음을 증명

하기 위해 모든 일에 열정만을 뿌리던 과거의 모습이 생각난다.

그러나 이제는 "나의 때를 기다릴 줄 아는 사람이 되어야지." 라고 말하며 살고 있다. 때를 기다림으로써 오는 역경들로써 극복하는 만큼 진짜 어른이 되어 갔기 때문이다. 열정을 당장 곳곳에 쏟기보다 마음속에 품고 있다가 때에 따라, 온 열정을 쏟을 준비를 하는 사람이 진짜 어른임을 말하고 싶다.

삶에 어렵고 힘든 일이 닥쳤을 때마다 그것을 벗어나기 위한 발버둥 중 하나는 주변에 도움을 청하는 것이었다. 그들을 만날 때마다 받은 상황에 따른 위로와 조언들이 당시에는 가장 큰 감동으로 다가왔기 때문이다. 그들은 항상 "너의 때가 반드시 올 거야! 그러니까 조금만 더 기다려 보자."라고 응원해 주었고, 나는 고개를 끄덕이며 다짐했고, "감사해."라고 대답했다.

그러나 감사는 오래가지 못했다. 집으로 돌아오면 꼭 반대의 생각이 떠올랐기 때문이다. '지금까지 기다렸는데 뭘 또 기다려, 당장 뭐라도 해서 너의 때를 만들어야지.' 이 생각은 멈출 수 없었고, 생각을 하면 할수록 계속 "당장 뭐라도 해."라는 말이 강조되는 것 같았다.

그래서 그날부터 좋아하지도 않는데 이것저것 무턱대고 시작해야 했다. 포털 사이트에 물어 인생에 도움이 되는 책을 억지로라도 쌓아 놓고 읽었고, 흥미롭지 않았지만 귀감이 될 만한 영화를 몰아서 보았다. 계획에 없던 여행도 가 보았고, 인생 그래프도 그려 보았고, 인문학 공부도 해 보았다. 그렇게 살다 보니, 무언가 똑똑해지는 느낌도 들었고, 시간이 흐를수록 나름의 결과물이 차곡차곡 쌓여 갔다. 그렇게 나름대로 수개월을 정신없이 바쁘게 살았던 것 같다. 뿌듯했다. 어딘가 모르게 자랑을 하고 싶었다.

그러다 문득, 예전에 응원해 주었던 사람들이 보고 싶었다. 바로 한 친구에게 연락하였고 약속을 잡았다.

며칠 후.

"준기야, 완전 오랜만이야. 그동안 어떻게 지냈어?"

그가 하이파이브를 건네며 인사를 하였다. 나도 반가운 마음에 하이파이브를 하며 대답했다.

"나? 요즘 정말 바쁘게 지냈잖아. 나 진짜 할 이야기 많아. 얼른 들어가자."

그렇게 짧은 인사 후에 우리는 카페에 앉아 이야기를 나눌 수 있었다.

"아니⋯ 있잖아, 그때 너 만난 이후에⋯ 그동안에 이것도 했고, 저것도 했고, 했고, 했고⋯."

지금까지 한 것들만 말해도 한 시간은 우습게 흘러갔다. 친구는 자랑하듯 주절거리는 나의 이야기를 경청해 주었고, 말하며 즐거워하는 모습에 함께 기뻐해 주었다. 그렇게 많은 시간이 흘렀고 '너무 내 이야기만 말했다.'라는 생각이 들었다.

"지금까지 너무 내 이야기만 일방적으로 많이 한 것 같아, 이제 너의 이야기도 들려줄래?"

"그럴까?"

"나는 그동안 이렇게 이렇게 살았고, 요즘은 이런 이런 생각을 하며 살고 있고⋯."

친구가 지금까지 살았던 생활과 요즘 고민하는 부분을 진지하게 이야기했고, 그만큼 나도 집중해서 친구의 이야기를 들으려 했다.

하지만 그날따라 친구의 이야기가 이상하리만큼 귀에 들어오지 않았다. 겉모습은 공감하는 척했지만 마음속으로는 끊임없이 '고민해서 뭘 얻었는데?', '그래서 뭐가 남았는데?', '뭘 하며 살았는데?', '그래서 어쨌는데?'라며 상대방에게 결과를 추궁하는 질문이 계속 떠올랐기 때문이다.

친구와의 만남을 마치고 집으로 오면서 '오늘 친구와의 만남에서 무엇이 남았지?'라는 생각이 이어졌다. 남는 결과물이 없었다는 생각에 어딘가 모르게 허탈함이 느껴졌다.

단 하루도 허탈하게 살고 싶지 않았기에 지금까지 행한 결과물을 다시금 돌이켜 보기 시작했다. 또다시 뿌듯함이 몰려왔고, 한껏 편안한 미소를 머금게 되었다. 마치 승리자의 미소 같아 보였다.

'띠롱', 그때 친구의 메시지가 도착했다.

— 오늘 만남 너무 좋았어. 나도 요즘 지쳐 있었는데 너 웃는 모습 보니까 내가 다 힘 나더라. 사람들에게 많이 힘 나눠 줘. 반드시 때가 올 거야.

문자를 보고 문득 예전에 만났던 친구의 말 한마디가 떠올랐다.

"너의 때가 반드시 올 거야. 그러니까 조금만 더 기다려 보자."

망치로 머리를 세게 맞은 기분이었다. 갑자기 최면에서 깬 듯,

물음표가 몰려왔다.

보통, 삶이 어렵고 힘들 때마다 무대에서 진행하는 모습, 카메라 앞에서 떠드는 모습을 상상했다. '이런 상황에선 이렇게 말해야지, 오늘은 어떤 사람들을 만날까? 오늘의 무대는 얼마나 날 설레게 할까? 오늘은 또 어떤 감사가 있을까?'

그리고 이러한 상상이 실제로 이루어지는 날이 생길 때마다 그 상상했던 하루가 생각났다. '정말 망했다.'라고, '망쳐 버렸다.'라고 생각했던 하루가 세상에서 가장 감사한 날로 바뀌는 순간이었기 때문이다.

주마등처럼 수개월 동안 방향성 없이 오로지 바쁘게 보냈던 시간이 떠올랐다. 단순히 어떤 결과를 내지 않으면 사회에 도태되는 사람으로 보였기에 그렇게 보이기 싫어서 결과를 내려고만 애쓴 시간이었다. 그러다 보니 하나의 결과물을 낼 때마다 자존감이 아닌, 타인에게 자랑할 '난 이것도 해 봤다.'라는 교만함이 쌓였고, 그러다 보니 나도 모르게 결과 중심적인 사람이 되어 있었던 것 같다.

그 순간, 무언가 뇌리에 스치는 것이 있었다.

'아, 맞다. 무대….'

정작 가장 소중하게 생각했던 '무대'를 잊어버렸던 것이다.

마치, 잃어버린 무언가를 찾은 것처럼 눈물이 주르륵 흘렀다.

한때, 내 때를 주도적으로 만들려 최선을 다했다. 그러나 되지 않았다. 그럴수록 세상은 '더 열심히, 더 열심히'라고 말하는 것 같았고 무작정 열심히 살아야 한다는 강박이 생겼다. 그래서 정말 열심히만 살았다. 그럴수록 사람들은 열정적인 나를 보며 멋있다고 박수를 보냈다. 나도 그것에 한껏 취해 있었다. 그렇게 나도 모르게 다른 사람들의 시선 속에 꼭두각시가 되어 갔다. 그럴수록 '나'는 지워져 갔지만 그때는 그것을 알지 못했다.

그래서 이때부터 조금은 불안해도 때를 기다리며 앞으로의 날을 상상하며 살기로 했다. 오늘은 아무것도 하지 않은 날, 비참한 날처럼 보일지라도 그것이 나중에 가장 필요했던 순간이었으며 소중하고 감사한 하루였다는 것을 발견하며 사는 것이 정말 나답게 사는 것임을 알았다.

세상의 때에 매번 맞춰 가는 삶이야말로 성공으로 보이는 필연의 삶처럼 보일지라도 언젠가 그것이 살아도 사는 것이 아니게 될 때가 올 것이다. 정말 '나'가 완전히 지워지기 전에 모두가 알았으면 좋겠다.

이제는 정말로 때를 기다릴 줄 아는 사람이 되었다.

내가 원하는 진짜 어른이 되어 가는 기분이다.

〈나눔 질문〉

Q. 바쁘게 사느라 소중한 것을 잊어버린 경험이 있나요?

Q. 나의 때, 그것은 무엇인가요?

Q. 어떻게 살아야 할까요?

당신의 삶은
어땠어요?

누군가를 위로하고 싶은 사람
누군가에게 위로받고 싶은 사람

앞뒤 물음 없이 "당신의 삶은 어땠어요?"라고 물어본다면 몇 년 전까지는 "이랬어요, 저랬어요."라고 이야기하고 싶었다. 내 드라마틱한 삶의 이야기가 정말 소중하다고 느꼈기 때문이다. 그러나 요즘은 그렇게 상대방에게 역으로 물어보고 싶어졌다. 그만큼 당신 삶의 이야기도 소중하다는 것을 알게 되었기 때문

큰형

37

이다. 그렇게 이 사람 저 사람의 삶의 이야기를 들으며 정리해 보니 거참, 새삼 벅찬 감격이 몰려왔다.

어느 날, 우연히 길에서 한 동생을 만났다. 반갑게 인사하며 가볍게 "오랜만이야, 잘 지내?"라고 안부를 건넸다. 그러자 동생은 걸음을 멈추고 나를 보며 펑펑 울기 시작했다. 많은 사람이 지나가는 길목에서 적잖게 당황했지만, 동생이 우는 모습에 팔목을 잡고 조용한 카페로 향했다. 카페에 앉아서도 동생은 한참 울었다. 말 한마디 나누지 않았는데도 쉬지 않는 눈물을 보니, '요새 참 힘들었구나.' 싶었다.

시간이 지나고 조금 진정된 동생에게 질문을 건넸다.
"왜… 무슨 일이야? 괜찮아?"
"그냥 왜 사는지 모르겠어요. 지금까지 뭘 그렇게 잘못하며 산 것도 아닌데… 그렇다고 마냥 놀면서 산 것도 아닌데… 왜 저는 이 모양 이 꼴이죠?"
그렇게 말하며 동생은 다시 울기 시작했다. 동생의 가장 큰 슬픔은 취업 실패에 있었다. 서류 통과조차 힘든 현실의 문턱에 좌절하고 있었다.

취업 실패라는 단 하나의 이유만으로도 실패했던 대입을 거슬러 올라가, 또 고등학교 입시… 중학교… 더 거슬러 올라가 초등학교 시절, 또 거슬러 올라가 태어난 자신의 온 삶을 부정하는 모습이 보였다. 온 삶이 흔들리고 부정당하는 기분에 시달리는 동생의 괴로움이 고스란히 전해졌다. '나도 그럴 때가 많아.'라는 위로를 건네고 싶었지만, 어떤 말보다 지금은 가만히 들어 주는 사람이 필요해 보여서 굳이 말하지 않았다. 깊은 공감만이 할 수 있는 유일한 방법이었다. 그렇게 한참을 우는 모습을 지켜보다가 문득, 헤어 나오지 못하는 자기 부정에서 벗어날 방법이 떠올랐다. 아무 걱정 없이 마음껏 웃었던 추억을 떠오르게 하는 것이었다.

3년 전이었다. 동생과 이런 일이 있었다.

"오빠, 나 요즘 6개월째 킥복싱을 배우는데, 자세 좀 나오지? 운동하고 땀을 흠뻑 흘린 모습을 볼 때는 진짜 살아 있는 기분이야. 너무 재밌어!"

"오, 킥복싱? 재밌겠다. 그럼 로우킥도 찰 수 있어?"

"아니, 그건 잘 못 차."

동생은 웃으며 말했다. 아직도 이때만 생각하면… 절대로 말

큰형

39

앉어야 했는데, 지독한 궁금증이 발동했다.

"오, 신기해. 신기해. 한번 차 봐, 차 봐. 진짜로 화 안 낼게! 로우킥 맞아 보고 싶어, 진짜."

동생은 여러 번 거절했지만 지속되는 부탁에 호흡을 가다듬고 자세를 취했다. 자세가 범상치 않았지만 궁금증에 엉덩이를 뒤로 뺐다.

1초,

2초,

3초,

'픽'

적막이 흘렀고, 그대로 바닥에 고꾸라졌다. 바닥에 데굴데굴 굴렀고, "동생이 가만히 있는 나에게 로우킥을 찼다."라며 울먹거렸다. 그때를 떠올리면 아직도 엉덩이가 아프다.

시간이 지나, 동생의 울음이 잦아들었고 조심스럽게 말을 건넸다.

"근데 그때 기억나? 너 킥복싱 한창 배울 때, 내 엉덩이에 로우킥 찼을 때 있잖아. 나 진짜 그때 똥 쌀 뻔했어."

"아… 아니, 오빠가 차라면서요."

"아무리 그래도 그렇지. 그렇게 강하게 찰 줄 몰랐지."

"음… 사실 평소 감정 좀 싣고 찼어요."

동생은 그날의 추억이 떠올랐는지 살며시 입가에 미소가 생겼다.

"울다가 웃으면…"

"아, 하지 마요."

동생은 민망한 듯, 더 활짝 웃었다. 이때를 기다렸다.

"그래! 이렇게 웃어야 너다운 거지! 요즘 참 많이 힘들었나 보네…. 가만히 보고만 있어도 느껴지잖아…. 어떻게 한번, 또 희생할 테니까 표현해 볼래?"

그렇게 말하며 엉덩이를 내미는 시늉을 하자 동생은 박장대소했다.

분위기가 한껏 풀리자 동생은 조금 가볍게 속에 있는 이야기를 털어놓기 시작했다.

"정말 열심히 살기 위해 나름대로 잠도 안 자면서 자격증도 공부도 하고, 아르바이트도 하며 학자금 대출도 갚고 하는데 왜 이럴수록 지치고 힘이 들죠? 진짜 다 포기하고 도망가고 싶었는데…. 근데 길에서 우연히 오빠 보니까 갑자기 눈물이 쏟아

지더라고요…. 우리 예전에 했던 이야기 기억나요? 오빠는 방송으로 성공하고, 나는 오빠 마케팅해 주고, 서로의 꿈을 응원했잖아요."

"그래, 그랬지. 그래서 지금도 그렇게 살고 싶어 노력하잖아. 잘하고 있어! 취업 좀 안 되면 어떠냐? 어차피 오빠는 아직도 방송국 근처도 못 갔는데…. 내가 시간이 걸릴 것 같으니까 너도 조금만 천천히 가 주라."

그날 동생과의 이야기에는 온통 진심만 있었다. 어떤 삶의 해결책을 제시하기보다 들어주고 공감하는 것이 동생에게 커다란 위로가 되었다. 나는 꽁꽁 얼어붙은 분위기를 풀기 위해 과거 추억을 떠오르게 했지만, 그것은 과거에 우리가 꿈꾸었던 각자의 꿈을 기억하게 해 주었다. 동생과의 대화를 통해 다시금 각자 자리의 초심을 돌아볼 수 있는 계기가 되었다.

이야기를 마칠 무렵, 동생은 웃으며 말했다.

"이제 좀 답답한 마음이 풀리는 기분이야."

기회를 틈타 엉덩이를 쭉 빼며, 대답했다.

"언제든 희생할 준비가 되어 있으니까 편히 연락해."

그날 늦은 밤, 동생에게 짧은 메시지가 왔다.

— 오랜만에 옛날 기억도 나고, 나를 돌아보게 되는 날이었어요. 감사합니다.

보통 누군가를 위로할 때, 나는 이렇게 과거의 순간을 떠오르게 하는 편이다. 상황에 따라 진지했던 순간을 떠오르게 할 때도 있고, 재미있었던 순간을 떠오르게 할 때도 있다. 왜냐하면 내 삶에 투영해 보았을 때도 과거의 순간에서 정답에 가까운 힌트를 얻을 수 있었기 때문이다.

사회자의 길, 마이크 잡는 예술가의 길을 걸으며, 세상의 많은 것을 배운 것 같다.

그중 진심과 진정성은 삶에서 일어나는 문제들을 조금 간결하게 도와주었고, 감사는 세상을 바라보는 아름다운 눈을 선물해 주었다.

우울과 고독은 스스로가 얼마나 소중하고 귀중한 사람인지 알려 주었고, 꿈은 무엇이 중요한 것인지 지혜를 가르쳐 주었다.

만나는 사람들을 통해서는 웃음과 감동을 느낄 수 있었고, 그들의 이야기는 삶을 비옥하게 해 주는 거름이 되어 주었다.

그만큼 무대는 삶의 축소판 같이 느껴졌고, 최선을 다할 수 있었던 공간이기도 했다. 나는 온통 힘들었다고만 생각했던 지난 과거 속에서 이런 것들을 발견할 수 있었다. 그래서 앞으로도 힘들겠지만 이 길을 더 걸어가 보려 한다. 이것이 오늘 나에게서 발견한 정답인 것 같다.

나만 특별할 것 같다고 생각했던 철없는 시절이 엊그제 같은데, 이제는 감출 수 없는 주름의 숫자가 많아진 만큼 성장한 것 같아서 감사와 감동이 몰려온다. '삶이란 이렇게 자기 삶의 시간에서 여러 가지를 발견하고 배워 가며 소중함을 기록하는 것이 아닐까?'라는 생각이 짙게 든다.

그런 의미로 오늘을 알아 가는 당신의 삶과, 나다운 삶을 만들어 가는 우리 모두를 위해 서로 응원하자. 오늘도 진짜 어른으로 여물어 가고 있다.

〈나눔 질문〉

Q. 누군가와의 잊을 수 없는 즐거운 추억이 있나요?

Q. 길을 걷다 우연히 누군가를 만났을 때, 눈물이 쏟아질 것 같았던 경험이 있나요?

당신이 걸어온 길을 돌이켜 스스로 응원해 주세요.

큰형

오이를 건네준
아저씨

자신이 편견이 많다고 생각하는 사람
편견을 줄여야 한다고 생각하는 사람

입추의 어느 날, 맑은 공기의 가을을 만끽하러 청계산에 올랐다. 이른 아침이라 사람은 없었고, 새소리와 물소리가 이어폰의 노랫소리를 넘어 들려왔다. 이내 이어폰을 가방에 집어넣고 가만히 자연의 소리를 즐기려 하는데, 등산 가방을 메고 양손에 지팡이를 짚고 올라가시는 아저씨가 웃으면서 인사를 건넸다.

"안녕하세요? 좋은 아침입니다."

갑작스러운 인사에 당황했지만 '어디서 만난 분이지?'라고 기억의 회로를 돌려볼 틈도 주지 않으시고, 아저씨는 이미 저 멀리 올라가고 계셨다. '아, 사람 착각했나 보다.'라고 생각하며 가방을 고쳐 메고 다시금 산을 오르기 시작했다.

그렇게 또 한참 정상을 향하여 산을 오르는데 이번에는 내려오는 할아버지 한 분이 인사를 건네신다.

"안녕하세요? 오늘 산 좋죠?"

훅 들어오는 인사에 이번에는 짧게 대답할 수 있었다.

"네, 감사합니다."

그날 산을 오르며 받았던 두 번의 인사는 어색하게 느껴졌지만 내심 기분은 좋았다. 무언가 인생에서 같은 길을 걸어가는 느낌? 미리 그 길을 걸었던 선배의 응원? 뭐라고 표현할 수 없는 따뜻한 마음이 들었다.

곧 정상에 도착했다. 정상에서 바라보는 세상은 아주 작았다. 평소 높다고 생각했던 건물도 정상에서 보니 장난감 같았다. '장난감 같은 작은 곳에서 왜 이렇게 아등바등 살고 있지?'라는 생각이 들었다. 그때, 옆에서 경치를 구경하시는 70대로 보이는 아저씨가 혼잣말하듯 말을 거셨다.

"내가 이 산을, 20년째 같은 길로 다니고 있는데, 20년 전과 비교했을 때 경치도, 환경도, 모든 것이 변했는데 정말 딱 이 산만 안 변했어. 나는 그래서 이 산이 돌아가신 어머니 같더라고."

이번에도 앞뒤 없이 훅 들어오는 말이었지만, 이야기 말미에 하신 돌아가신 어머니와 같다는 말에 괜히 가슴이 찌릿했다. 이어 아저씨는 "아, 맞다. 변하지 않은 것이 한 가지 또 있네? 여기 오이 먹어 봐. 꿀보다 맛있을 거야."라며 가방에서 오이를 한 개를 꺼내 건네주고는, "먼저 내려갑니다."라고 말하고 내려가셨다.

순식간에 지나간 여러 상황이 꿈을 꾼 듯, 얼떨떨한 기분이었지만 손에 들린 오이를 보니 꿈은 아니었다. 평소 오이 특유의 향을 싫어하여 절대 먹지 않았지만, 무언가 아저씨의 사랑이 느껴져 오이를 크게 한 입 베어 물었다. '역시나 오이는 나랑은 안 맞아.'라고 생각했지만, 오이를 씹을 때마다 들리는 특유의 '아삭아삭' 소리는 나름 듣기 좋았다.

그렇게 억지로 30분에 걸쳐서 오이 한 개를 먹게 되었다. 마지막 한 입까지 내 스타일의 맛은 아니었다. '아저씨는 오이가 왜 꿀보다 맛있다고 했지? 꿀이 훨씬 맛있네, 뭐.'라는 생각을 했다. 그리고 하산했다.

진짜 어른이 될 때

그날 저녁, 친구들과의 약속으로 삼겹살집에 가게 되었다. 친구들과 인사를 나누고 삼겹살을 주문하자, 주인아주머니께서 밑반찬을 가져다주셨다. 밑반찬으로 나온 반찬은 콩나물, 파김치, 메추리알 등 다양했지만 그날따라 생오이가 반갑게 느껴졌다. 나도 모르게 오이를 양손에 쥐고 아작아작 씹어 먹기 시작했다. 그 모습을 본 친구들은 "원래 오이 안 먹잖아."라며 의아해했지만 말도 없이 오이를 먹는 모습에 밑반찬으로 나온 생오이 다섯 개를 나에게 양보했다.

오이를 먹으며 '도대체 이게 왜 맛있는 거야?'라며 갸우뚱했지만 왠지 모르게 오늘 반드시 오이의 맛을 느끼고 싶었다. 고기에 싸 먹어도 보고, 밥에 올려 먹어 보기도 했다. 그러나 오이의 맛을 느끼기엔 밑반찬으로 나온 오이의 개수로는 무언가 부족하게 느껴졌다.

그래서 친구들과의 약속을 마치고 집으로 돌아오는 길에 마트에 들러, 오이 한 박스를 구매했다. '오이를 반드시 좋아하고 말 거야.'라는 이상하고 강한 집념 같은 것이 생겼다.

그리고 다음 날부터 매 끼니 평생 먹어 본 적 없는 오이를 억지로 한 개씩 먹기 시작했다. 물론 먹을 때마다 오이 특유의 향이 인상을 찌푸리게 만들었지만, 사 놓은 오이가 아까워 끝까지 집념으로 먹어야 했다. 그렇게 꼬박 2주를 먹었고, 드디어 오이가 다 떨어졌다. '아, 오이, 다시는 안 사.' 결국 오이의 맛은 발견하지 못했지만, 특유의 향은 조금은 익숙해질 수 있었다. 그날 저녁, 반찬에는 더 이상 오이가 없었다. 여러 의미를 담은 뿌듯한 미소가 새어 나왔지만, 속마음은 오이의 빈자리를 아쉬워하고 있었다.

'뭔가 허전하네.'

식사를 마치고 이빨을 닦는데 치약에서 오이 향이 나는 듯했다. 결국은 오이 맛에 빠져 버린 것이다. 이를 닦고 다시 오이를 사러 마트로 향했다.

마트에서 오이를 집어 드는 내 모습에 '어떻게 평생을 안 먹던 오이가 며칠 먹었다고 맛이 좋아질 수가 있을까?'라고 생각했다. '혹시… 설마… 오이에 대한 편견이 있었던 것은 아닐까?'라고 생각했다. '무엇이 지금까지 오이를 싫게 느껴지도록 만들었을까?'라고 생각했고, 이유를 찾을 순 없었지만 그날은 과거의 편견에 대해서 생각하는 계기가 되었다.

'내가 가진 편견은 무엇이 있었을까?', '혹시 사람에게도 편견이 있었나?', '편견으로 도전하지 못한 일이 있었나?', '당시 내가 옳다고 생각했던 것은 편견이 아니었을까?' 등을 노트에 적기 시작했고, 하나씩 나열해 보니 '지금까지 꽤 많은 편견을 가졌고, 생각보다 많은 편견을 깨며 살았구나.'라는 사실을 알게 되었다.

몇 가지 예를 들어 보면 이렇다.

첫째, 책 읽기나, 글쓰기는 학창 시절 낮은 언어 영역 점수로 인해서 위축되어 있던 마음으로 "죽어도 절대 못 해.", "재능이 없어"라고 외쳤던 과거가 떠올랐다. 그러나 지금 책 읽기와 글쓰기는 최고의 취미가 되었고, 책 읽기와 글쓰기를 통해서 삶의 놀라운 성장이 있었다.

둘째, 비가 오는 날, 비를 맞으면 당장 대머리가 될 것이라는 편견이 있었기에 비를 피하려고만 했던 모습이 떠올랐다. 그러나 지금은 장대비가 내릴 때는 꼭 비를 맞으러 나간다. 비를 맞으면 그간 묵은 체증이 내려가는 기분이었고, 스트레스 해소에 커다란 도움이 되었다.

셋째, 스키장에서 넘어지면 다친다는 생각에 다치지 않으려고 6년 동안 초급 코스만 즐겼던 모습도 떠올랐다. 그러나 스키

장에서 넘어지는 횟수가 많을수록 실력이 향상된다는 사실을 알고 나서야 상급에 오르기 시작했고, 지금은 아슬아슬하지만 그럭저럭 즐길 수 있게 되었다.

넷째, 인상이 무서워 말을 걸지 못했던 창우 형은 지금 내가 힘들 때마다 가장 큰 위로를 건네주는 형이 되었다(이 형 덕분에 사람의 인상에 대한 편견은 모두 쉽게 깰 수 있었다).

많은 편견이 사람이든, 자연이든, 어떤 형태를 통해서 깨질 때마다 삶을 살아가는 방법을 많이 알게 되었던 것 같다. 오늘도 과거의 편견 속에서 그것들을 극복했던 순간을 돌아보니 정리되는 생각이 있었다.

'지금까지 편견은 무엇을 새롭게 도전하거나 마주해야 할 때도 늘 방어 기제를 발휘하도록 만들었던 것 같다. 그것이 어떤 것에 도전하지 못하도록 만드는 작은 핑계가 되었던 것 같다.'

글을 쓰는 것도, 책을 읽는 것도, 비를 맞는 일도, 상급 코스에서 스키 타는 일도, 새로운 사람을 만나는 것도 편견을 깨고 막상 직접 경험해 보니 별거 아니었다. 그리고 그 실행들이 나를 더욱 성장시키는 촉매제가 되었고, '나는 생각보다 못하는 것이 없네.', '생각보다 할 수 있는 것이 많네.', '난 다 잘할 수 있네.'라는 강한 자신감을 만들어 주었다.

그렇게 내게 놓여 있는 편견을 줄이는 과정에 재미를 느끼는 요즘, 진짜 어른이 되어 가는 기분이다.

〈나눔 질문〉

Q. 자신이 가지고 있는 편견을 깨려고 시도해 본 경험이 있나요?

Q. 당시에는 편견이 아니라고 생각했는데, 나중에 발견한 편견이

있나요?

COVID-19,
사명

나답게 살고 싶은 사람
뜨거운 마음을 가지고 살고 싶은 사람

세계에 전무후무한 전염병이 생겼다. 이놈의 전염 수준이 얼마나 대단한지, 급속도로 퍼지는 속도가 아주 놀랍다. 코로나 사태가 언제 진정이 될지 모르지만, 곧 백신도 개발되고, 모든 것이 제자리로 돌아오기를 희망한다.

2003년 사스, 2015년 메르스, 2020년 코로나까지 생각지도

큰형

못한 질병이 우리의 삶을 흔들어 놓았다. 특히 이번 코로나 사태는 온 세상을 한순간에 걱정과 염려로 덮어 버렸다.

얼마 전까지만 하더라도 4차 산업의 중요성, 4차 산업의 발전이 인간에게 미치는 영향 등을 미리 고민하고, 앞으로의 일자리에 대처해야 한다고 강조했던 것 같은데…. 4차 산업이 오기 전 코로나라는 질병으로 이미 많은 일자리가 멈추게 되었다. 당연히 문화 예술계에 속해 있는 나도 모든 일거리가 멈추었다. 해마다 성장을 기록하여 새해가 되었을 때, 올해의 계획을 세웠는데 모든 계획은 물거품이 되었다.

그것에 발맞춰 나의 정신 상태 또한 멈추었다. 삶에 화가 많아지기 시작했고, 작은 일에도 순간순간 욱하는 모습을 자주 보이기 시작했다. '이건 이래서 마음에 들지 않고, 저건 저래서 마음에 들지 않고,', '이렇게 생각하니 이 모양이지, 저렇게 행동하니 저 모양이지.' 등등 세상을 향한 비판은 멈추지 않았다. 이렇게 하루하루 살다 보니 모든 것이 점점 부정적으로 변해 있었고, 그것은 나에 대한 끝없는 비판으로 이어졌다. 내가 원했던 진짜 어른으로서 '사람들에게 희망을 주는 사람'이라는 모습은 완전히 삶에서 사라져 버렸다.

다음 날, 아무 생각 없이 소파에 누워 TV 채널을 돌리며 무료한 일상을 보내고 있었다. 그때도 "왜 이렇게 볼 게 없어?"라며 입으로 툴툴거리고 있었는데, 때마침 TV의 한 프로그램에서 코로나가 확산된 곳에 자원하여 그곳에서 봉사하고 있는 간호사와의 인터뷰 장면이 나오고 있었다. 사회자가 질문했다.

"혹시 코로나가 끝나고 가장 하고 싶은 일이 있다면 무엇인가요?"

간호사가 대답했다.

"맑은 공기를 마시며 시원한 커피 한잔을 마시고 싶습니다."

나도 모르게 왼쪽 탁자에 놓인 얼음이 섞인 핸드 드립 커피를 보게 되었다.

'커피? 나는 매일 두 잔씩 마시는데…'

그리고 간호사의 이어지는 대답이 있었다.

"언제 어디서든지 먼저 나서야 한다는 사명감을 항상 가지고 있었고, 현장으로 가겠느냐는 의향을 물어봤을 때 '제가 먼저 가겠습니다.'라고 했습니다. 앞으로도 국가 재난 상황이 있다면 언제든지 현장 환자들과 최선의 노력을 할 것입니다."

속으로 생각했다.

'분명 가족들의 염려도 있고, 본인도 걱정 많이 하셨을 텐

데…. 결정에는 얼마만큼의 고민이 있었을까?'

고민의 깊이나 크기는 가늠할 수 없었지만, 무언가 모르게 눈시울이 붉어졌다. 그리고 계속 머릿속에 맴도는 단어가 있었다.

'사명', 바로 '목숨을 걸고 할 수 있는 일'이었다.

"맞아, 분명 죽기 직전까지 마이크 들고 사명을 다하고 싶다고 다짐했었는데…"

현재 내 상황만 힘들다고 툴툴거렸던 이기심 탓에 내 사명을 완전히 잊고 살았다.

'사명…. 마이크 들고, 사람들에게 희망을 전할 수 있는 사람. 그리고 진정으로 응원을 전하는 사람.'

그날, 간호사 선생님의 인터뷰로 인해 완전히 한 방 먹은 기분이었다. 덕분에 다시금 사명에 대해 돌이켜 보았고, 매번 무대에 오르기 전 눈을 감고 짧게나마 다짐했던 말이 떠올랐다.

'오늘 만나는 관객들이 무대를 보고 힘을 얻고, 좋은 추억을 간직하여 일상에서 새로운 희망을 찾을 수 있으면 좋겠습니다.'

결심이 섰다.

"그래, 지금 내 상황만을 탓하기보다 진심으로 이 위기가 잘 극복되길 바라는 마음을 갖는 것이 먼저지. 그래야 이 사태가 끝나고 무대에 올랐을 때 더욱 당당하게 관객들에게 진심을 전할 수 있을 테니까. 그래야 나도 떳떳하게 더욱 밝고 건강한 웃음과 희망을 전할 수 있어."

이렇게 다짐했고, 다시금 다가올 무대를 기대할 수 있게 되었다.

진정한 사명감은 위기 상황에서 더욱 짙어지는 것 같다. 간호사 선생님처럼 일상을 살다가도 모든 걸 내려놓고 그곳으로 뛰어들 수 있는 용기는 평소에 어떤 생각을 하며, 어떻게 살았는지를 짐작할 수 있도록 만드는 것 같다.

오늘은 이렇게 사명감을 가지고 살았던 분들 덕분에, 위기 속에서 나의 사명감을 조금 더 분명히 하는 계기가 되었다. 하루빨리 위기가 극복되어 모두가 마스크 벗고 자유롭게 다니길 소망한다. 그리고 반드시 무대에서 마주치길 희망한다.

큰형

〈나눔 질문〉

Q. 당신만의 사명감이 있다면 무엇인가요?

Q. 만약 죽었을 때, 어떤 사람으로 기억이 되고 싶나요?

자존감 높은
사람일지라도

자존감이 무너진 사람

자존감을 새롭게 만들고 싶은 사람

　나는 자존감이 매우 높은 사람이다. 어떤 상황에서도 나의 의견을 잘 전달할 수 있으며, 좋고 싫음은 분명히 구분할 수 있고, 내가 틀린 부분이 있다면 망설이지 않고 수용할 수 있다.

　평소 에너지가 넘치며, 밝은 느낌의 분위기 메이커로 불리고 있고, 사람마다 장점을 발견하여 극대화해 주는 능력이 있다.

큰형

말하는 것을 잘하고, 좋아하며, 그만큼 듣는 것도 좋아하기 때문에 인기가 많고, 피리 부는 사나이처럼 사람들을 불러 모으는 매력이 있다. 딱히 구분을 짓고 사람들을 만나지 않으며, 사람마다 그대로의 모습을 바라볼 줄 안다. 만약 어려운 상황이 닥치면 피하기보다 직면하는 것을 선호하고 감사를 찾는다.

"당신은 왜 이렇게 자존감이 높아요? 도대체 인생에서 뭐가 그렇게 재미있나요?"라는 질문을 받으면 "보이시는 그대로 이렇게 생기면 높을 수밖에 없어요. 즐거울 수밖에 없어요."라며 농담을 주고받는 센스도 있다.

그러나 이런 나도 한없이 자존감이 무너질 때가 있다. 미래에 대한 불안감이 엄습하여, 현재 처한 상황을 타인과 끊임없이 비교하여 나를 깎아내릴 때이다. 끊임없는 자아비판은 곧 나를 절망의 늪에 빠지도록 만들었다.

미래에 대한 불안감이 엄습할 때, 하루걸러 끝없이 떨어지기만 하는 자존감을 멈출 수 없었다. 영화라도 보면, 테마파크에 가면, 동물원을 가면, 전시회를 가면, 산에 오르면, 책이라도 읽으면, 뭐라도 하면 금세 자존감이 회복될 줄 알았지만, 급하게 끌어올린 자존감은 그만큼 단시간에 거품처럼 사라졌다. 이때

할 수 있는 것은 아무것도 없었다. 그저 새벽 즈음 이불에 숨어 소리 내어 펑펑 우는 것 정도였다. 그것이 내게 어울리는 가장 진정성 있는 위로이기도 했다. 그렇게 한참을 울고 나면 요동쳤던 마음이 한결 가벼워졌고, 이내 차분한 상태가 되어 이불 밖을 탈출할 수 있었다.

그렇게 이불 밖을 탈출해 보니, 무언가 현실 세계로 돌아온 기분이었다(아마 이불 속을 엄마 배 속처럼 안락하게 느꼈던 모양이다).

내 방의 구조, 책상, 책장, 서랍, 장롱 등등 물건 하나하나가 보이기 시작했다. 그러면서 '책상이 더럽다.', '저기에 먼지가 쌓여 있네.', '양말이 왜 저기 있지?' 등등의 생각이 몰아쳤다. 그렇게 계속 방을 돌아보다 창문에서 시선이 멈추었다. 정확하게는 창문에 비치는 내 모습에 시선을 멈춘 것이다.

오랜만에 마주하는 날것의 모습을 한 나였다. 머리는 산발에, 수염도 깎지 않고, 살도 부쩍 찐 모습이었다. 분명 외형상 덩치는 커졌지만 이상하리만큼 작게 보였고 위축돼 보였다.

'아니야, 이건 내 모습이 아니야.'라고 아무리 부정해 보아도 평소 밝고, 에너지 넘치던 내 모습은 도저히 찾을 수 없었다. 그렇게 한숨 한 번 푹 쉬고, 다시 방을 둘러보기 시작했다.

장롱 위에 있는 짐 무더기, 바닥에 깔려 있는 장판… 그리고 책장과 바닥 사이에 놓여 있는 먼지 쌓인 한 권의 빨간 노트가 눈에 들어왔다. "어? 저 노트!" 꿈을 꾸기 시작하면서 멘트 연습도 하고, 여러 가지 감정도 적고, 대사도 들어 있는 내 나름의 비밀 노트였다. '7년 동안 저기에 깔려 있었던 거야?' 정말 오랜만에 노트의 먼지를 털고 펼쳐 보았다.

> 1장 – Dream 노트 –
> 난 난 꿈이 있었죠
> 버려지고 찢겨 남루하여도
> 내 가슴 깊숙이 보물과 같이 간직했던 꿈
> 혹 때론 누군가가
> 뜻 모를 비웃음 내 등 뒤에 흘릴 때도
> 난 참아야 했죠 참을 수 있었죠 그날을 위해
> 늘 걱정하듯 말하죠
> 헛된 꿈은 독이라고
> 세상은 끝이 정해진 책처럼

이미 돌이킬 수 없는 현실이라고
그래요 난 난 꿈이 있어요
그 꿈을 믿어요 나를 지켜봐요

첫 장에는 〈거위의 꿈〉 가사가 적혀 있었다. 당시 노래를 들으며 꿈의 노트를 작성했고, 가사 한 줄마다 감동이 마음에 박혀 기록했던 것이다. 이어 다음 장, 그다음 장에도 온통 꿈을 이루겠다는 당시의 고민과 열정이 가득 담겨 있었다. 오랜만에 넘겨 보는 노트였지만, 장을 넘길 때마다 그때의 기억이 떠올라 흐뭇한 미소가 지어졌다. 나도 모르게 '그래, 다시 일어서야지.'라고 다짐하고 있었다.

처음 공식적으로 마이크를 잡았을 때가 떠올랐다.

그날은 '지금 죽어도 여한이 없다.'라고 생각할 정도로 온 세상을 가진 기분이 들었다. 그날은 추운 겨울이었지만 무대의 에너지에 취해 반팔을 입고 산책을 할 정도로 온몸이 뜨거웠다. 그날이 삶에 우연으로 다가왔을지라도 마치 필연처럼 느껴진 이유이기도 했다. 그만큼 여태껏 마이크가 주는 의미는 내겐 사명처럼 느껴졌다. 그랬기에 누군가는 "힘들면 그만해도 괜찮아."라고 말했지만, 스스로 마이크 잡는 예술가로 칭하며 버텼던 이유이기도 했다. 지키지 않으면 뺏길 것 같은 느낌, 버티지 않으면 마이크가 날 거부할 것 같은 느낌이 들었다.

그러나 이런 확고한 마음에도 때론 상황이 힘들 때마다 확고했던 마음만큼이나 자존감이 무너지는 경험을 했던 것도 사실이다. 그만큼 셀 수 없이 많이 무너지고 일어나는 과정에서 자존감은 점점 단단해졌던 것 같다.

그래서 이렇게 쌓인 자존감을 토대로 일상에서도, 무대에서처럼 반드시 내가 해야 할, 할 수 있는 일이 있음을 직감했다. 바로 누군가의 자존감을 높여 주는 일이었다.

내 주변만 둘러보아도 자존감의 늪에서 헤어 나오지 못하는 사람이 생각보다 많다는 사실을 알았다. 그들은 '재능이 없어요.', '집이 가난해요.', '못생겼어요.', '잘하는 게 하나도 없어요.', '뭘 좋아하는지 모르겠어요.' 등의 언어를 쓰며 자신이 자존감이 낮다는 것을 스스로 증명하려 애썼다.

난 이들의 자존감을 끌어올리고 싶었다. '어떻게 하면 자존감을 올릴 수 있을까?', '생각보다 좋은 사람, 능력 있는 사람이라는 것을 어떻게 증명해 보일까?'라는 생각을 한동안 끊임없이 했다. 그러다가 자존감의 늪은 비교를 통해서 만들어진다는 사실을 알게 되었다.

그렇다고 "앞으로 남들과 비교하며 살지 마."라고 말하는 것은 조금은 무책임한 표현임을 알았다. 나에게 대입해 보아도 그렇게 사는 것은 쉽지 않았기 때문이다.

그래서 나만의 방법을 찾았다. 그리고 실제로 자존감이 떨어진 동생에게 말해 주었다.

"오케이, 부모님 떼고, 생긴 거 떼고, 가난 떼고, 좋아하는 거 떼고, 떼고, 떼고, 떼고, 모두 다 떼 버리면 그때는 너는 너를 사랑할 수 있어? 바로 이게 자신의 존재를 사랑하는 방법인데."

동생은 생각지 못했던 질문이라며 집에 가서 곰곰이 생각해 보겠다고 말했다.

그리고 그날 저녁, 문자 메시지가 도착했다.

— 정말 한 번도 생각지 못했던 질문이에요. 그리고 저는 아무것도 없을 때의 자기 모습부터 사랑을 채워야 한다는 사실을 알았어요. 고맙습니다.

맞다. 내 높은 자존감의 이유는 분명히 외형적으로 보이는 돈, 명예, 외모, 친구의 숫자 등은 절대로 아니었다. 나는 단순하게 그냥 나를 끔찍이도 사랑하는 것이 자존감의 이유였다. 상황과 환경을 떠나 아무것도 걸치지 않은 벌거벗은 날것의 나를 정말 좋아했고, 그 모습은 내가 살아 있는 한 앞으로 절대로 변하지 않는 모습이었다. 그렇게 절대로 변하지 않을 것을 '찐하게' 사랑하다 보니, 끝을 모르는 자기 확신 같은 것이 생겼다. 이어 이것이 남들과 비교하지 않는 삶을 사는 원동력이 되었던 것이다.

오늘은 노트를 들추며 자존감에 대해서 생각하는 시간을 가질 수 있었다. 그리고 다시금 그때처럼 날것의 나를 끔찍이도 사랑해야 할 때임을 직감했고, 나만의 방법으로 자존감을 회복할 수 있었다.

끊임없이 날것의 모습을 사랑하는 모습에서 자존감이 채워지는 경험을 통해 자신이 정말로 좋은 사람이라는 사실을 스스로 증명했으면 좋겠다. 정말로 요즘, 진짜 어른이 되어 가는 기분이다.

〈나눔 질문〉

Q. 요즘의 자존감을 0~10점으로 표현해 보세요. 그 이유는 무엇인

　가요?

Q. 떼고, 떼고, 떼고, 모든 것을 다 떼고 자신을 사랑할 수 있나요?

Q. 자존감을 채우면 가장 하고 싶은 일이 무엇인가요?

최근에 언제
도움을 받아 봤어요?

도움을 받는 것을 두려워하는 사람
도움을 주고 싶은 사람

　지금까지 살아오면서 도움받은 순간이 적게 기억날수록 이기적인 삶을 대변하는 것일 수도 있다. 도움에 진심 어리게 감사하기보다는 이를 당연하게 여기거나 순간의 감정으로만 남겼기 때문이다. 그래서 '언제 도움을 받아 봤어요?'라는 질문이 사람의 깊이를 짐작할 수 있는 질문이 되기도 했다. 나도 위와 같은 질문에 수년 전을 떠올려야만 하는, 그런 과거 시절이 있다. 그러나 이제는 오늘만으로도 충분히 작든 크든 크기를 떠나 도움을 받은 순간들이 떠오른다.

　그만큼 하루마다, 도움받았던 순간들을 떠올릴 때마다 삶의 감사가 쌓였다. 감사가 쌓일수록 문득 '나도 누군가에게 작은 도움이라도 주는 사람이 되고 싶다.'라는 생각을 했다.
　그러나 막상 '그래, 나도 오늘부터 도움을 주자.'라고 마음을 먹어도 '지금 내가 누군가에게 도움이 될 만한 상황인가? 스스로나 챙기자.'라는 마음이 앞선다. 평소 같으면 '그래, 나중에 기회 될 때 도와주면 되고 뭐.'라며 가볍게 생각하고 넘어갈 수도 있었지만, 왠지 모르게 오늘은 당장 도움을 주기 위한 작은 해답을 찾고 싶었다.

　그래서 평소 속 이야기를 서슴없이 나누는 청소년 교육을 하는 친구에게 전화를 걸었다.
　"그… 그… 도움이 좀 필요한데 말이야…. 받은 도움을 나눠주려면 어떻게 해야 해?"
　앞뒤 설명 없는 질문에 친구는 빵 터졌고 웃으며 대답했다.

진짜 어른이 될 때

"정말 너답다, 너다워. 그래, 그렇게 용기 있게 묻는 것부터 시작이다. 안 그래도 요즘 우울했는데 네 전화 받으니까 뭔가 다시 살아 있는 느낌이 든다. 도움 나눠 줬네. 고마워, 질문 해결! 안녕."

그리고는 툭 끊었다. 평소 통화처럼 친구의 대답은 짧았지만 강렬하게 다가오는 생각이 있었다. 아주 사소한 질문을 하는 것도 도움을 줄 수 있다는 것이다.

그때부터 나는 불특정 다수에게 질문이 많아졌다. 아주 사소한 것부터 모르면 무조건 전화를 걸어 묻기 시작했고, 알아도 재차 묻기 시작했다. 그러자 주변에 이상한 변화가 생겼다. 주변과의 관계가 더욱 돈독해진 느낌이랄까? 진짜 영혼의 단짝이 된 느낌이랄까? 아무튼 요즘 용어로 '찐' 친구들이 부쩍 많이 생겼다.

덕분에 이제는 도움을 주고받는 것이 일상이 되었다. 모르면 질문했고, 누군가 질문하면 대답해 주었다. 혹 모르는 질문을 받아도 답을 아는 또 다른 사람에 물어, 알려 줄 수 있는 정도로 성장했다. 그리고 이때쯤 도움으로 인해 삶에 커다란 획을 긋는 사건이 발생했다.

큰형

평소 사람들에게 '내 삶을 책으로 쓰면 족히 한 권은 나올걸?'이라는 말을 많이 들었다. 동의하는 말이었다. 그래서 정말 책한 권의 분량이 나오는지 글을 써 보기로 했다. 평소 말솜씨를빌어 글로 쓴다면 금방이라도 쓸 것 같았다. 누군가는 글쓰기가 어렵다고 했지만, 말솜씨 덕분에 비교적 수월하게 글을 쓸수 있었다. 3개월 동안 꾸준히 글을 써 보니 A4 용지 100장 정도 분량의 글이 쌓였다. 쌓인 글을 보고 있자니 뿌듯했고, 욕심이 생겼다.

'정말 책을 한번 내 볼까?'

그날부터 책을 낼 심산으로 그동안 썼던 글들을 쭉 읽어 보았다. 스스로 자문자답, 자화자찬하며 감탄했다. 그러다가 우연히, 아니 필연적으로 평소 글쓰기를 즐기고, 책을 많이 읽는 동생에게 글을 보여 주게 되었다. 동생은 차분히 노트북에 저장된첫 번째 글을 읽기 시작했다.

나름대로 긴장이 되었다. '어때? 잘 썼지? 재미있지?'라고 마음속으로 연발하며 나를 칭찬할 그녀의 대답에 기대가 가득했다.

그러나 동생은 3분 정도 글을 훑더니 노트북을 덮고 질문하기 시작했다.

"오빠, 글을 왜 쓰는 거야?"

"음, 왜? 뭐가 이상해? 책 한번 내 보려고."

"응. 문장, 문맥, 맞춤법, 어느 하나 맞는 것이 없어. 꼭 책을 내야 해?"

"응, 내고 싶어!"

이때까지만 해도 '뭐 얼마나 틀렸겠어? 고치면 되지, 뭐.'라는 자신감이 있었다. "그래? 알았어."라는 짧은 말을 뒤로하고 동생이 노트북을 다시 열고 자리에서 예시로 1,000자 되는 첫 페이지의 글을 고쳐 주기 시작했다. 몇 분 후, 동생은 고친 글을 나에게 건넸다.

'음?'

고쳐진 글을 받아 보고 나는 충격을 금치 못했다. 첫 페이지 글의 80%가 속칭 '빨간 줄'이 그어졌기 때문이다.

"이게 다 틀린 거야?"

"응."

사태의 심각성을 인지하게 되었다. 정신이 번쩍 들었고, 묻기 시작했다.

"뭐가 틀렸는지 알려 줄 수 있어? 그리고 다른 글도 좀 봐 줄 수 있어? 제발 나 좀 도와줘."

큰형

동생은 안쓰러운 표정을 지으며 도움을 청하는 나를 보며, "알았어, 모든 글 보내 줘."라고 말했고, 나는 모든 글을 전달했다.

3일 뒤, 동생에게서 메일이 도착했다.

'나머지 글은 잘 썼다고 칭찬받지 않았을까?' 내심 기대도 있었지만, '얼마나 틀렸을까?'라는 걱정이 앞섰다.

파일을 열었다. 예상했지만 예상보다 더 온통 빨간 줄뿐이었다. 잠깐 봐 주었던 첫 페이지와 동일하게 100장이 되는 분량의 글 중 80%가 빨간 줄이었다. 말재주가 곧 글재주가 아니라는 사실을 뼈저리게 느낄 수 있는 계기였다.

담담하게 틀린 것들을 하나씩 읽어 보며 정리하고 있는데, 부담이 될 만한 큰 부탁에도 최선을 다해 준 동생이 무척이나 감사하게 느껴졌다. 그래서 더 열심히 하나씩 고치기 시작했고, 시간이 흘러 첫 책을 낼 수 있었다. 우연히 동생이 글을 보았을지라도 도와달라고 말한 용기가 책을 낼 수 있는 시작이 되었다고 생각했다.

처음, 도움을 요청하는 것은 나의 부족함을 인정하는 꼴처럼 보였다. 그래서 지독히도 인정하지 않으려 쉬쉬하며 덮고, 피하기를 반복했다. 그렇게 살다 보니, 점점 사람들에게 나도 모르는 거짓 행동을 일삼았고, 그러던 중 최측근까지도 거짓 행동을 하는 나의 모습을 발견하게 되었다. 나는 그 모습이 끔찍이도 싫었다.

내가 먼저 거짓 행동을 하는데 그들도 나에게 거짓으로 행동하지 않을까 겁이 났다. '그래, 모르는 게 죄도 아닌데. 이 죽일 놈의 자존심 때문에…' 이렇게 마음을 다잡고 아주 사소한 것부터 도움을 요청하자며 친구에게 전화를 건 것이다.

(물론 그 말, "그… 그… 도움이 좀 필요한데 말이야… 받은 도움을 나눠 주려면 어떻게 해야 해?"라고 하는 순간에도 두려움이 앞서 '그냥 끊고, 알아서 해결할까?'라는 생각도 앞섰지만.)

도움을 청할 때마다 부족한 것들은 사람들로 하여금 쉽게 채울 수 있었다. 물론 채워지는 만큼 또 다른 부족한 것들이 수면 위로 떠올라 가끔 '왜 이렇게 모르는 게 많지?'라며 당혹스러울 때도 있지만, 결국은 도움으로 인해 이것들을 채우는 만큼 진짜 어른이 되어 가는 기분이다.

큰형

〈나눔 질문〉

Q. 최근에 도움을 받았던 경험이 있나요?

Q. 최근에 도움을 주었던 경험이 있나요?

Q. 당신이 걸어온 삶에 대해, 한 장 분량의 글을 자유롭게 써 보세요.

진짜 어른으로 만들어 줄
책임감

과거가 잘 기억나지 않는 사람
책임감을 필요로 하는 사람

자신의 삶을 많이 돌아본 사람이야말로 진정으로 강한 사람이 되는 것 같다. 그때 놓쳤던 실수나 감정 그리고 여러 생각들을 꼼꼼히 되짚어 보고 그것들을 다듬기 때문이다. 그래서 과거를 돌아보는 것은 진짜 어른으로 성장하는 중요한 조건이 되기도 한다.

큰형

그러나 아무리 머리를 써도 과거의 삶이 기억나지 않거나 돌아보아지지 않는 사람이 있다. 그것은 어쩌면 과거의 책임감 문제일 수가 있다.

그래서 자신이 진짜 어른으로 성장하고 싶다면 먼저는 매 순간 책임감을 가져야 한다는 것을 알아야 한다. 책임감을 가져야만 그때의 모든 상황을 세심하게 바라보는 넓은 시야가 열리기 때문이다. 넓은 시야는 그날의 분위기와 함께 했던 사람과의 특별한 추억을 만들어 줄 것이고, 그런 추억들은 과거를 돌아볼 때 타임머신 같은 역할을 할 것이다.

20대 초반, 패밀리 레스토랑에서 최저 임금 4,150원을 받으며 아르바이트하던 시절, 함께 일했던 주방장님이 장난치며 했던 말은 삶의 모토가 되었다. "네가 사장이라면 널 4,150원 주고 쓰겠니?"라고 물을 때마다 "당연하죠, 저는 5,000원 주고도 쓰겠는데요."라고 웃으며 대답했지만, 나이가 들수록 말의 진정한 의미가 더욱 짙게 느껴졌다.

한 곳에서 아르바이트를 1년 정도 하니까 나름 아르바이트생 중 최고참이 되어 있었다. 설거지 파트로 일을 시작했지만, 새로운 아르바이트생을 교육하고 진두지휘하는 아르바이트생이 되었다. 패밀리 레스토랑의 일이 특성상 이직이 잦았기 때문에 새로운 아르바이트생 교육은 굉장히 중요한 일이기도 했다. 그만큼 남다른 책임감을 가질 수 있었다. 직원들은 책임감을 갖고 일하는 나를 인정해 주었고, 아르바이트생의 신분으로 주방장님처럼 자유롭게 돌아다니며 중식, 일식, 샐러드, 그릴, 디저트 등의 모든 파트를 서포트할 줄 아는 유일한 사람이 되었다.

그러던 어느 날, 본사에서 팀장님이 직접 방문한다는 소식을 들었다. 본사는 점포의 실질적인 책임자이기도 했기에 일하는 모두 긴장했다. 그러나 평소에 '우리 점포의 실무자는 나인데.'라고 생각했기 때문일까? 유독 나만 평소처럼 여유를 느꼈던 것 같다.

팀장님이 방문하시고 점포를 둘러보면서 이것저것 직원들에게 묻기 시작했다. 옆에서 땀을 뻘뻘 흘리는 점장님의 모습은 처음 본 모습이기도 했다. 이어 나에게도 질문했다. "이 음식은 만드는 레시피가 어떻게 돼요?" (프랜차이즈의 특성상 요리법은 매우 중요하다.) 여기에서 평소 책임감을 가지고 일했던 기질이 발휘되었다. 모든 파트의 요리법은 이미 머릿속에 있었기 때문에 정답과 같은 대답을 하고 추가로 안부를 물었다.

"팀장님, 안녕하시죠? 서울에서 여기까지 오시느라 힘들지 않으셨나요?"

질문은 아니었지만 역질문을 받은 팀장님이 당황하며 물었다.

"자네는 누구인가?"

"저요? 평범한 아르바이트생이죠."

그 후 몇 번의 농담이 오갔고, "혹시 메뉴를 추가한다면 하고 싶은 것이 있나?"라는 질문을 받았다. 나는 조금의 망설임도 없이 대답했다. 평소에 모든 파트를 돌아다니면서 아쉬웠던 메뉴를 늘 생각했기 때문이다. 그래서 파트마다 추가했으면 하는 메뉴와 현재 아쉬운 메뉴를 말했다(실제로 하얀 가락국수 면이 색감 있는 녹차 면으로 교체되었고, 타임 메뉴, 초밥 롤 등이 다양화되었다).

의견을 들은 팀장님은 자기가 본사에서 며칠간 했던 고민을 여기에서 들었다며 엄지를 들어 칭찬했고, 그날 저녁, 직원 회식에 아르바이트생인 날 불렀다. 그날 회식에서 팀장님과 같은 자리에 앉지는 않았지만 고기를 배부르게 먹었다.

다음 날. 점장님이 조용히 점장실로 불렀다. 점장님 방에는 주방장님도 같이 있었다. '어제 회식에서 실수한 것이 있나?'라고 걱정했지만, 두 분의 미소가 날 안정시켰다.

"팀장님이 아르바이트생 수천 명 봤는데, 너 같은 아르바이트생 처음 본다고 엄청 칭찬하셨어. 지금 시급 얼마 받지?"

"네?"

"팀장님이 너 원하는 만큼 주라고 하더라. 얼마 받고 싶니?"

그날의 물음은 조심스럽게 거절했지만 무언가 모르게 인정받는 느낌이 들었다.

그리고 다음 달부터 5,000원은 거뜬히 넘는 시급 인상이 되어 있었다. 그저 평소 내가 주인이라고 생각하고 책임감 있게 일했을 뿐인데, 이것이 매우 중요한 역할을 했다는 사실을 알게 되었다.

마찬가지로 요즘 TV에서 방영하는 식당을 살리는 프로그램을 볼 때마다 사장님의 책임감에 따라 손님들에게 즐거움을 줄 수도 있고, 인상을 찌푸리게 만들 수도 있다는 사실이 많이 드러났다. 덕분에 그때를 추억하며 책임감에 대해 글을 쓸 수 있었다.

무대에 오를 때는 한계에 가까운 책임감을 느낄 때가 많다. 사회자의 말 한마디로 인해 무대의 흥망성쇠가 결정되는 것은 물론이고, 더불어 무대를 준비한 그동안의 수많은 사람의 노고와 시간, 예산까지 고스란히 느껴졌기 때문이다. 또 그것들을 넘어서는 그들 한 사람마다 각자의 삶에서 짊어지고 있는 책임감까지 보이기도 했다. 그랬기에 무대 뒤에서는 조용히 양쪽 어깨에 막중한 책임감을 장착해야 했다.

세상에서의 과도한 책임감은 오히려 자신을 옥죄어 스스로 힘들게 한다고 했지만, 과도한 책임감을 가질수록 무대에서 내뱉는 말 한마디마다 진심과 섬세함을 담아 전달할 수 있었다. 그것들을 느낀 관객들은 편안한 웃음과 행복한 표정으로 화답해 주었고, 그것들이 나중에 삶을 돌아보았을 때 '맞아, 그날은 참 감사한 날이었어.'라며 감동적인 기억으로 남게끔 도와주었다. 이처럼 책임감을 가졌던 하루는 이미 지나가 없어져 버렸다고 생각했던, 자신의 삶을 기억하고 기록하게 만드는 가장 훌륭한 방법이 되었다.

만약 과거에서 지나갔던 하루마다 숨겨진 의미를 발견하게 된다면 아마, 진짜 어른에 가까워지고 있다는 것이 아닐까? 이제는 매사에 책임감을 가질 때이다.

Q. 책임감을 갖고 무엇을 했던 경험이 있나요?

Q. 막중한 책임감 때문에 도망가고 싶었던 경험이 있나요?

자체 발광
여러분

자심이 조금 교만하다고 생각하는 사람
사람을 좋아하고 싶은 사람

세상은 다양한 사람이 있음을 알고, 나와의 다름을 인정해야
하는 분위기다. 그러나 실제로 "난 너의 다양성을 존중해."라고
했던 그 말이 왜 그땐 비수로 꽂혔을까? '너의 생각은 다수의 생
각과 달라.'라고 느껴진 것은 기분 탓일까? 난 그날 세상과 어울
릴 수 없는 사람이라며 했던 자책을 잊지 못한다.

분명 남들과 다른 것은 나에겐 '행복하다'를 다른 언어로 표현하는 방법이었다. 그만큼 다른 것을 즐기며 살았고 어떤 의미에선 특별하다고 느끼기도 했다. 그러나 특별하다고 생각하는 기간이 길어질수록 점점 세상에서 말하는 존중과는 다르게 부쩍 홀로 도태되는 기분이 들었다. 왜 그랬을까?

내가 세상의 중심이고 희망이라고 생각했을 어린 시절 그즈음, 무대는 스스로 세상의 중심이라고 인정해 주는, 좋은 조건을 허락하는 착각의 대상이었다. 출연자, 조연출, 조명, 스태프까지 모든 것이 나를 위해서 움직인다고 생각했기 때문이다. "감독님 마이크 하이(high) 좀 올려 주세요.", "여기 라이트(조명) 좀 강하게 더 비춰 주세요.", 그리고 "출연자분들은 어떻게 소개해드릴까요?" 등의 말들은 좋은 무대를 위해 꼭 필요했지만 당시에는 오로지 나를 드러내기 위한 발판으로 생각했다. 그랬기에 무대가 클수록 나를 드러내고 싶은 욕심은 늘었고, 욕심이 채워질수록 점차 교만함의 어깨는 넓어지고 자존심은 하늘을 찌르기 시작했다.

그러다 보니 점차 만나는 사람마다 대화에서 자기 자랑을 일삼게 되었고, 순간마다 얼마나 겸손한 척을 해댔는지 너무 부끄

럽지만 잘 알고 있다.

그러다가 나라에 여러 가지 재해가 생겼다. 그로 인해 간간이 있던 행사는 모두 취소되었고, 완전히 실직자 신세가 되었다. 상황을 받아들이고 싶지 않았지만 받아들일 수밖에 없었다. 세상의 중심이라고 착각으로라도 알려 주었던 무대를 잃자, 점차 우울해졌다.

자기 자랑을 일삼았던 모든 상황은 사라졌고, 집 안에서 은밀하게 즐겼던 부정적이고 초라한 모습이 밖으로까지 새어 나오기 시작했다. 당시 만나는 사람마다 "무슨 일 있어? 왜 이렇게 얼굴이 안 좋아?"라며 내 안위를 묻기 시작했고, 일일이 대답할 수 없는 참담한 심정에 점점 사람들을 피하기 시작했다. 그렇게 고립되었다.

칠흑 같은 어둠 속에 갇혔고, 여러 가지 물음에 스스로 답하며 시간을 보내야 했다.

'준기야 국민 MC가 하고 싶어?'

'돈을 벌지 못해도 MC가 하고 싶어?'

'이렇게 일이 없는 데도 MC가 하고 싶어?'

'앞으로 더 심한 상황이 와도 이 길을 꼭 가고 싶어?'

이런 원색적인 질문이 때론, "이제 그만하고 포기해!"라는 절망적인 말로 들릴 때도 있었지만, 결국은 사회자를 얼마나 하고 싶은지에 대한 간절함을 묻는 것 같았다.

대답은 한 가지 말로 정리되었다.

"응…. 그럼에도 하고 싶어."

내가 표현할 수 있는 최대의 진심이었다.

진심을 표현하니 마음이 편안해졌다. 그러면서 동시에 어떤 상황이 떠올랐다.

과거의 사회자로서 지나쳐 왔던 이기적이고 가식적인 모든 순간의 행동들이었다. 지독하게도 슬로모션으로 하나씩 상세히 떠올랐다. 정말 이상하리만큼 세세했고 내뱉은 말 한마디 한마디가 날카롭게 다시금 내 마음에 꽂히기 시작했다. 지나쳐 왔던 모든 사람에게 점점 미안한 감정이 몰려오기 시작했고, 어찌해야 할 방법을 몰랐다.

그리고 이어지는 물음 한 가지가 있었다.

'준기야, 너만 특별하다고 생각하니?'

'정말 너만 특별하다고 생각해?'

'정말로 너만 특별해?'

계속되는 물음에 침묵으로 일관할 수밖에 없을 만큼 미안한 감정이 넘쳤다. 부끄러웠다. 그동안의 모든 행실이 하나하나 까발려지는 느낌이었다. 교만한 모습, 이기적인 모습, 가식적인 모습이 끊임없이 생각났고, 결국은 인정할 수밖에 없었다.

"아니⋯. 모두 특별하지."라고 말하고서는 "아니, 그들이 나보다 훨씬 더 특별하지."라고 말했다.

그날, 참회의 눈물이었을까? 오랜 시간 하염없이 눈물이 났다.

이날 이후로 마음속 어둠이 걷히는 기분이 들었다. 한 번도 관심이 없던 사람들이 빛나 보였기 때문이었다. 아파트 분리수거 쓰레기를 손수 다시 정리하시는 경비 아저씨의 모습에선 닮고 싶은 성실함이 빛으로 보였고, 카페에서 스팀을 뿜으며 커피를 만드는 아르바이트생은 전문성이 빛나 보였다. 편의점 주인 아주머니는 어쩜 그렇게 밝게 웃으면서 안부를 묻는지 웃음에서 빛이 났고, 없던 힘도 생기는 느낌이었다. 이처럼 사소하게 지나쳤던 모든 만남에도 만나는 사람마다 빛으로 보이는 사례는 점차 늘어만 갔다. 그들 덕분에 온 세상이 빛난다는 사실을 알게 되었다.

그리고 오랜 시간이 지나, 드디어 다시 무대에 오를 일이 생겼다. 오랜만의 무대라 긴장도 되고 한편으론 걱정도 되었다. 대기실에 들어가 조용히 눈을 감고 지난날을 회상하며 무대에서 사회 보는 모습을 상상하고 있는데, 그때 '똑똑'하고 조연출님이 간단한 다과와 대본을 들고 오셨다. 예전 같으면 예의상 묵례 정도만 했을 텐데…. 그분에게서 새어 나오는 빛이 분장실 조명보다 강했고, 허리를 굽히며 감사를 표현하도록 만들었다.

신기했다. 예전에 모든 것을 당연하게 여겼던 모습은 이제는 완전히 사라졌다.

그리고 눈을 비비며 대기실을 나와 일하시는 모든 분을 찾아보기 시작했다. 무대를 위해서 얼마나 많은 분이 수고하고 함께하고 있는지 자세히 알게 되었던 날이다. 조연출은 조연출대로, 감독님은 감독님대로, 출연자는 출연자대로 각자 특별한 빛이 새어 나왔다.

이어 입장을 대기하고 있는 관객들을 구경하러 몰래 로비로 나갔다. 가족, 연인, 친구 너나 할 것 없이 모두가 아름다운 빛이 났고, 하늘에 떠 있는 별이 내려온 것처럼 보였다. 눈앞에 펼쳐진 광경에 말로 표현할 수 없는 벅찬 감동이 몰려왔다.

큰형

사회자로서 무대를 주름잡으며 나의 멋짐을 자체 발광으로 뽐내는 것이 아니라, 이미 빛나고 있는 많은 별로 인해서 뽐낼 수 있었다는 것을 발견한 그 순간, 그때부터 진심으로 사람들이 좋아졌다. 그리고 그들에게 진심 어린 감사를 표현할 수 있는 요즘, 이제는 조금 더 진짜 어른에 가까워지는 기분이다.

요즘은 무대에서 출연자와 관객을 떠나, 좋은 친구를 소개하는 듯 관객에게는 '오늘 출연자는 대기실에서 이랬어요.', 출연자에게는 '오늘 저 관객분이 저랬어요.'라고 느꼈던 감사를 말하는 것이 그렇게 좋다. 그렇게 그곳에 모인 많은 친구를 소개할수록 무대는 점점 편안해졌다.

이때부터가 스스로가 인정한 '진짜 사회자'가 시작된 것 같다. 나만 특별하지 않고 모두가 특별하다는 '인정'에서 시작되었고, 인정은 상대방을 '존중'할 수 있는 통로가 되었다. 그리고 통로는 삶을 주도적으로 살 수 있는 '응원'이 되었다.

〈나눔 질문〉

Q. 내가 다른 사람보다 조금 더 특별하다고 생각했던 경험이 있나요?

Q. 당신도 빛나는 사람이라는 것을 알고 있나요?

일상에서 만나는 특별한 사람을 자랑하는 시간을 가져 보세요.

큰형

숨겨진
진심

자기 자신을 찾고 싶은 사람

지금 당장 해결해야 할 질문이 있는 사람

최근 들어, 삶에서 선택의 기로에 선 질문을 하는 사람이 부쩍 많아졌다. 사회를 보면서 다양한 사람을 통해 듣고, 경험한 것을 토대로 그들의 질문을 조금 간결하게 만들어 주었기 때문이다. 이야기 끝에 "속 시원하다", "통찰자", "좋은 사람", "인생의 선배", "꼭 필요했던 사람" 등의 이야기를 많이 들을 수 있었다.

삶에 관한 질문들은 대게는 이랬다.

- **취업이 맞는가? 창업이 맞는가?**
- **계속해야 하나? 멈추어야 하나?**
- **좋아하는 일을 해야 하나? 잘하는 일을 해야 하나?**
- **돈을 좇아야 하나? 명예를 좇아야 하나?**
- **어떻게 살아야 하나? 방향성은 어떻게 설정하는가?**
- **결혼을 해야 하나? 말아야 하나?**
- **공부를 할 때인가? 경험을 할 때인가?**

취업이나 창업을 해 본 적 없고 결혼조차 해 본 적 없는 나에겐 조금은 어울리지 않는 질문일 수도 있지만, 그리 어려운 문제라고 생각하지 않았다. 어떤 특별한 정답을 알려 주기보다 질문을 하는 사람의 내면 깊숙하게 숨겨진 진심을 찾아 주면 되었기 때문이다.

며칠 전, 하루 14시간씩, 7년간 테니스 선수를 준비하며 학창 시절을 보냈던 효수라는 친구에게 만나고 싶다는 연락이 왔다.

(효수는 7년 전, 테니스 연습 후에 테니스 채를 등에 메고 "형한테 열

정을 배우고 싶어요."라며 찾아왔던 동생이다. 당시 그의 까무잡잡한 피부는 얼마나 진지하게 테니스 선수를 꿈꿨는지를 증명해 주었다. 그러나 지금 효수는 집안 사정으로 운동을 그만두었다. 그만두었다는 소식을 오래전에 친구들을 건너서 들었지만, 그동안 바쁘다는 핑계로 효수를 개인적으로 만나지는 못했었다.)

오랜만에 만나자는 연락에 기쁜 마음으로 약속을 잡았고, 며칠 지나 약속 당일 아침이 되었다. 그런데 아침부터 왠지 모르게 효수를 만나는 것에 부담이 생겼다. 특별한 이유는 없었지만 테니스를 그만두고 한순간 삶의 방향을 잃어버린 효수가 참 많이 아팠을 것이라는 생각과 끊임없는 방황이 지레짐작이 되었기 때문이었다.

'못 본 동안 효수는 얼마나 달라졌을까?', '위로해 주는 친구는 많았겠지?', '어떻게 살았을까?', '만나서 무슨 이야기를 할까?' 등 한참을 여러 방향으로 고민했다. 고민을 거듭하니 효수와의 만남에 관한 부담은 점점 커졌다. 이러다간 효수와의 약속을 미룰 것 같았기에 "그래, 일단 만나서 실망을 하든지, 위로를 하든지, 이유를 떠나 오늘은 반드시 만날 타이밍이야."라고 결정을 내려 한 시간 먼저 약속 장소로 나갔다. 효수가 도착할 시간이 점점 다가오자 심장이 두근거렸다. 무언가 긴장한 것 같은 느낌이 들었다.

약속 시간이 되고 효수가 카페에 나타났다. 오랜만에 만남이라 반갑게 인사하려 했지만, 효수를 마주하고 어떤 말이 나오지 않았다. 그저 효수를 빤히 바라보았다.

맥없는 모습과 초점 없는 눈빛, 더불어 얼굴에는 피곤함까지…. 여태까지 효수에게서 한 번도 본 적 없는 모습이었다. 효수의 양팔에는 본 적 없는 문신이 가득했고, 머리는 초록색에 피어싱은 온 얼굴에 얼핏 8개 정도는 한 모습이었다.

'음… 효수가 맞나?' 싶었다. 무슨 말을 해야 할지 몰랐다. 운동을 하는 사람은 단정해야 한다며 삭발을 즐기고 이글거렸던 눈빛과 총명했던 효수의 모습은 더 이상 보이지 않았다.

"응. 효수야, 오랜만이네. 반가워. 잘 지냈니?"

"네, 형. 잘 지냈어요."

"효수야, 그동안 어떻게 지냈어?"

"뭐… 그냥, 일하며 지내죠, 뭐."

짧은 대화 속에는 만나지 못했던 기간만큼이나 어색함이 맴돌았고, 그것을 떠나 무언가 굉장히 불편하고 딱딱하게 느껴졌다.

"그런데 효수야 외모가 많이 변했네?"

대답을 잠간 망설인 효수가 대답했다.

"그렇죠? 형, 이게 나만의 개성이에요. 이게 나 자체고. 지금까지 난 이걸 모르고 살았어요. 그래서 이제부터라도 나답게 살기로 했어요."

약간은 공격적인 말투에 살짝 당황했지만, 효수와 30분 정도 대화를 이어갔다. '형, 이랬어요. 저랬어요. 이렇게 생각해요. 이것이 맞아요. 그땐 몰랐어요.'라는 효수의 대답을 가만 듣고 있자니, 질문하는 족족 순간을 모면하기 위한 변명을 하는 모습이 보였다. 미래에 대한 이야기로 시간 가는 줄 모르며 대화했던, 과거에 알던 효수의 모습은 더 이상 찾을 수 없었다.

'내가 이상해졌나?'

더 이상 효수의 이야기를 듣고 싶지 않았다. 궁금하지도 않았다. 그저 '내 동생이 왜 이렇게 변했을까?'라고 생각했다. 그러다가 말이 튀어나왔다.

"효수야, 형한테 지금까지 잘 살았다고 인정받고 싶어서 형 만나자고 한 거야? 왜 지금 너랑 나랑 마주 앉아 있는 거야? 그만 집에 가자."

답답함에 말을 이어갔다.

"그런데 효수야, 형하고 처음 만났을 때, 기억나니? 운동 끝나고 테니스 채 메고 형한테 와서 무조건 만나 달라고 외쳤던 그날. 난 그날 너의 눈빛이 참 좋았어. 그런데 왜? 지금 너의 모습에는 그때의 눈빛이 보이지 않아?"

효수는 당황했다. 짧은 정적이 흘렀다. 오늘의 만남에서 질문하면 변명하기 급급했던 효수가 말없이 갑자기 고개를 숙였다.

"효수야, 오늘 형이랑 헤어지고 집에 가서 거울을 봐. 네 모습을 똑바로 봐. 진짜 원했던 네 모습이 맞아?"

효수의 말문은 완전히 막혔다. 고개를 숙인 채 눈물을 흘리기 시작했다. 효수가 우는 모습에 마음이 아프기도 했지만, 잃었던 눈빛을 찾길 원했다.

고요한 침묵 속에 10분 정도가 흘렀다.

그리고 효수가 말했다.

"형, 저녁 식사해요. 제가 살게요."

효수가 내 팔을 잡으며 부탁했고, 목소리에는 절박함이 느껴졌다. 순간 테니스 채를 메고 왔던 그날의 표정과 눈빛이 보였다. 저녁 약속이 있었지만 취소해야 했다.

"그래, 알았어."

식당까지 걸어가는 동안 효수는 침묵을 지켰다. 곰곰이 무언가를 생각하는 모습에 굳이 말을 걸지도 않았다.

식당에 도착하여 물을 연거푸 두 잔 마시고 드디어 효수가 입을 뗐다.

"형, 사실은 테니스 그만두고 어떻게 살아야 할지 잘 몰라서 정말 고민 많이 했는데, 그동안 답을 못 찾았어요. 그래서 계속 외형적으로 나름대로 잘 살고 있다고 보여 주려고 꾸몄던 것 같아요. 그런데 형, 오늘 형을 만나고 보니, 숨이 조금 트이는 것 같은 기분이 들었어요. 형 말이 맞아요. 그동안 날 잊고 살았어요. 나 자신을 끝까지 피했어요. 누군가에게 직접적으로 듣지 못해, 피하는 줄도 몰랐는데 오늘에서야 알았어요. 나 참 바보 같죠?"

효수가 스스로 받아들이려는 모습에 감동이 몰려왔다.

"그래, 효수야. 지금 이 모습이 진짜 너야. 봐, 목소리 톤부터 예전에 열정 가르쳐 달라고 조르던 너의 목소리로 바뀌었잖아. 지금의 이 목소리, 이 눈빛, 이 몸짓, 그리고 너 자신이 누구인지 잊지 마. 뭐가 진짜 효수다운 것인지를 절대 잊지 마."

효수는 다시 한번 눈시울이 붉어졌다.

"형, 오늘은 빨리 집에 가서 거울 좀 봐야겠어요. 사실 거울 안 본 지 너무 오래됐어요."

효수는 그렇게 밥을 후다닥 먹고, 짐을 챙기고 서둘러 집으로 향했다.

효수와의 만남을 뒤로하고 집으로 돌아오며 '효수가 참 많이 세상에 흔들렸나 보구나.'라고 생각했다. 삶의 전부였던 테니스를 한순간에 포기했던 효수는 그것을 사랑했던 만큼, 그것에 버금가는 자신만의 새로운 것을 찾아야 한다고 생각했을 것이다. 그렇게 외형적으로 화려해질 때마다 자신의 존재감을 채워왔을 효수가 떠올랐다. 그러나 그것이 동시에 위기감을 알리고 싶은 또 다른 방법은 아니었을까?

사실 나도 비슷한 상황에 놓인 적이 있다. 20대 초반 막 MC의 꿈을 꾸기 시작했을 때, 연예인처럼 보이고 싶어 외형을 화려하게 했던 시절이 있었다. 형형색색의 안경테와 원색의 옷들은 나다움을 표현할 수 있는 최고의 개성이라고 생각했다. 그러나 그렇게 외형을 꾸밀수록 사람들은 꿈을 향한 진심보다 겉치레의 화려함에 관심을 갖기 시작했고, 나는 외형적으론 점점 더 화려해져 갔지만 내면은 점점 흐릿해지는 기분을 느꼈다.

그래서 그때부터 외형적인 모습을 화려하게 꾸미기보다 내면을 채우는 것에 집중하기 시작했다. 그 진심이 무대에 닿았을 때, 내가 원하는 진짜 사회자의 모습이 된 것 같았다.

그래서 오늘 밤, 다시금 그날을 기억하며 벌거벗은 채로 거울 앞에 섰다. 그리고 말했다.

"너 자신이 누구인지 절대 잊지 마."

바로 이것이 숨겨진 진심을 찾는 비밀이 아닐까 싶다.

〈나눔 질문〉

Q. 누군가에게 용기를 주었던 경험과 이유가 있나요?

Q. 자신의 삶에 '나다운 것'이 있다면 무엇일까요?

거울 앞에서 자신에게 말 한마디 건네 주세요.

큰형

어두운 터널의
끝에서

삶이 터널 속이라 생각하는 사람
자신에게 위로를 건네고 싶은 사람

준기야, 그래 준기야, 너 잘하고 있는 거야. 그게 맞는 거야.

정답처럼 보이는 안정된 삶을 추구하는 것보다 불안해 보이는 삶 속에서 스스로 안정을 찾으려는 너의 모습이 참 기특하단다.

알잖아, 진짜 원하는 것이 무엇인지.

알겠지, 이번에도 잘할 수 있다는 것을.

휘둘리지 마. 어두운 속삭임이 들릴지라도 묵묵히 앞으로 나가면 돼.

그래, 그것이 너의 가장 가까운 편이라는 것을 잊지 마.

가끔 다짐 일기를 쓰며 마음을 다시 고쳐 잡는다.

12년 동안 우직하게 한 길을 걸으면서 주변 사람들에게 감동이 넘치는 격려와 칭찬을 받았지만, 그만큼 스스로를 대견스럽게 생각하지는 못한 것 같다. 지치고 힘들 때마다 타인과의 비교와 조롱 섞인 자아비판을 지독하게 했기 때문이다. 부정적인 생각은 끝없이 지속되었고, 반복할수록 온통 새까만 터널 한가운데 갇힌 느낌이 들었다. 그렇게 세상에서 처음 마주했던 20대의 터널 속은 생각보다 어둡고 무서웠다. 금방이라도 숨이 막힐 듯한 기분이 들었고, 목을 옥죄여 오는 기분이 들었다. 당시에는 방에서 꼼짝할 수 없었고, 침대 위에서 많은 시간을 보내야만 다시금 터널을 탈출할 수 있었다.

이후 세월이 흐르며 다양한 이유로 터널 속에서의 방황과 탈출은 수차례 반복되었다. 그리고 '터널에 들락날락하는 것이 진짜 어른이 되는 과정인가?'라는 질문을 내뱉을 만큼 터널이 담담하게 느껴질 무렵, 어두컴컴했던 터널의 내부가 어렴풋이 보이기 시작했다. 내부를 하나하나 살펴보니 두려움, 불안함, 고독, 고통 등으로 얼룩져 보였지만, 생각보다 터널이 '아늑하네, 괜찮다.'라는 생각도 동시에 들었다. 그리고 그때 즈음 터널 끝에서 새어 나오는 빛을 발견할 수 있었다. 난 그때부터 무언가에 홀린 듯 무작정 빛을 향해 걷기 시작했고, 그 끝에는 어렴풋이 누군가 서 있는 것 같았다. 모름지기 빛을 향해 걷는 것은 작은 설렘이 함께했다.

터널 끝에 도착했을 때, 어렴풋이 보였던 그가 나에게 말을 걸었다.

"긴 터널 지나오느라 수고했어."

나였다.

내가 나에게 던지는 삶의 위로였다.

그날 이후로 마주했던 모든 터널 끝에는 '나'라는 아이가 두 팔 벌려 '나'를 기다리고 있었다. "역시 이번에도 잘 걸어왔네, 수고했다."라며 내가 나에게 내뱉는 말은 어떤 말보다 묵직하게 다가왔고, 짙은 응원과 위로가 되었다.

점차 이렇게 터널 끝에서 나에게 한마디씩 들을 때마다, 잃어버린 자존감을 채우는 계기가 되어 주었다. 그리고 이제는 터널 끝에 있는 나에게 먼저 농담을 건넬 만큼 담대해졌다.

"나 왔어. 와, 이번 터널은 꽤 길다?"

그렇게 매년 터널을 통과하는 숫자가 늘어날수록 나에 대한 확신이 점점 커졌다. 확신은 맹목적인 믿음을 만들어 주었고, 믿음은 나를 사랑할 수 있는 가장 큰 조건이 되었다.

그리고 내가 나에게 진심으로 사랑을 느끼다 보니, 이제 제법 내가 원했던 진짜 어른이 되어 가는 것 같다. 이것은 근거를 찾을 수 없는 자신감의 시작이었고, 나만의 숨겨진 '근자감'의 비법이기도 했다.

나름대로 삶의 여러 역경을 이겨내며 성장했다고 자신했지만 문득, 삶이 지치고 힘들어 불안이 심하게 찾아올 때는 다시금 어두운 터널 속에 나를 가뒀다. '분명히 성장했는데, 이제는 어른이 된 것만 같았는데…'라며 아무리 생각을 해 보아도 터널 끝 빛은 보이지 않았고, 난 자리에 앉아서 어린아이처럼 울어야만 했다. 그때 어두운 터널 한가운데로 누군가 걸어와 꽉 안아

주었다. 어디에서 느껴 본 적이 없는 따뜻한 감동이 몰려왔다. '신일까? 나일까?' 아무튼 나에게서 받는 위로, 꽤 괜찮다.

〈나눔 질문〉

Q. 내 삶에 가장 길었던 터널은 언제였나요?

Q. 터널의 끝에서 자신을 발견한다면 무슨 말을 듣거나 건네주고

싶나요?

작은오빠가 들려주는 이야기

살면서 '작은오빠가 있었으면 좋겠다'라는 생각을 많이 했다.

상상 속 작은오빠는 훈훈한 스타일을 겸비한 따뜻한 사람이었다.

문제를 바라보는 시선은 다채롭게 접근해야 한다며, 매번 "왜?"라고 되물어 주었다.

그 때문에 나는 그 문제를 조금 더 깊이 관찰할 수 있었다. 세상에 이런 따뜻한 물음이 있는지 작은오빠를 통해 느끼고 있다. 작은오빠는 모두를 품을 수 있는 다정한 진짜 어른 같다.

작은오빠

21세기형
한량

도전을 망설이는 사람
죽음에 대해 생각해 보고 싶은 사람

"한량 같으나 열심히 살고, 열심히 사는 것 같으나 또 그 안에서 한량 같은 아이, 21세기에 태어난 21세기형 한량이라고 할까나."

머칠 전 친구가 이렇게 말했다. 이 말을 들으니 참 묘하게 기분이 좋았다. 지금 잘 살고 있다는 안도감까지 생겼으니 말이다.

작은오빠

맞다, '21세기형 한량'. 지금 나를 제일 잘 표현해 주는 것 같다.

한량이 꿈이거나 목표를 두고 노력하지는 않았지만 한량으로
불리고 있는 요즘, 주변으로부터 "나도 그렇게 살고 싶다."라는
이야기를 종종 듣기 시작했다. 삶이 비교적 자유분방해 보이는
모습이 그들에게 부러움을 자아낸 모양이다. 그러나 확실히 그
렇게 보이는 것과 직접 하는 것은 커다란 차이가 있는 것 같다.
먼저 한량이 되려면 세상으로부터 오는 것들에 눈과 귀를 닫고,
오롯이 자신과의 대화에서 승리해야 한다.

세상에는 무언의 데드라인이 있다. 몇 살에는 얼마를 모아야
하고, 결혼에는 적령기가 있으며, 보험 몇 개쯤 가입해야 하고,
저축해야 하고, 하고, 하고, 하고. 듣기만 해도 피곤하다. 보통
의 사람들은 이것들을 지키려고 안간힘을 썼지만, 나에겐 그저
세상을 살아가는 한 가지 방법에 불과했다. 왜냐하면, 그 방법
만을 고수하지 않는 사람들이 생각보다 많다는 사실을 알았기
때문이다.

마이크 잡는 예술가라 자칭하며 살아온 지 어언 10여 년이

흘렸다. 그만큼 다양하고 많은 경험이 쌓였지만, 그중에서도 가장 소중한 것을 꼽자면 무대에서 계층과 나이를 불문한 다양한 사람들을 만날 수 있다는 것이었다. 그리고 그중에서 환자들과의 만남은 조금 더 특별하게 느껴졌다. 환자들의 박수에는 왠지 모를 진심이 짙게 담겨, 마음에 닿았기 때문이었다.

10년 전 마이크를 잡았던 초창기, 휠체어를 타고 가장 뒷자리에서 공연 시작부터 끝날 때까지 열심히 환호해 주시던 한 할머니와 공연을 마치고 나누었던 잠깐의 대화는 인생에서 나의 삶의 가치를 변화시키는 커다란 계기가 되었다.

"내가 다리가 불편해서, 17년 만에 집 밖으로 처음 나왔는데, 이렇게 재미있는 공연 보여 줘서 고맙습니다."라며 짧은 인사를 건넸던 할머니의 목소리나 그날의 분위기가 아직도 생생하게 기억난다. 당시는 그냥 인사치레라고 생각하며 할머니의 말을 크게 믿지 않았지만, 할머니의 휠체어를 끄는 봉사자로부터 사실임을 전해 들을 수 있었다. 그리고 그때부터 이상하리만큼 할머니의 말이 며칠 동안 계속 머릿속을 맴돌았다.

이어 '할머니는 젊었을 때, 자신이 미래에 다리가 아파서 17년 동안이나 집 밖으로 나오지 못할지 한 번이라도 예상하셨을까?'라는 생각이 수없이 들었고, '그렇다면 나는 내 미래에 그렇지 않을 것이라고 확신할 수 있나? 나도 아플 수 있지 않을까?'라는 생각을 하게 되었다.

객석에 있는 환자를 만날 때마다 그날은 무언가 여운이 깊게 남았고, 평소에 쓰지 않던 단어들이 떠올랐다. '정신적인 아픔', '장애', '노약자', '죽음' 등에 대한 생각이었다. 시간이 흐름에 따라 그것들을 생각하는 횟수가 쌓일수록 그것에 사투를 벌이는 사람을 만날 때마다 어딘가 모르게 존경스러운 마음이 들었다.

나이가 들수록 몸의 어딘가 한 부분이 고장 나는 것을 경험하는 요즘, 인간의 한계와 같은 죽음이 나에게도 가까워짐을 직감했다. 그만큼 불안함과 두려움이 느껴질 때도 있었지만, 오히려 실제로 죽음에 가까운 사람들을 작게나마 공감할 수 있는 수단으로 느껴졌다.

세상은 100세 시대라 100세를 기준으로 살아야 한다고 했지만 요즘의 내 몸 컨디션이 그때까지 갈지 의문이다. 그래서 100세까지 어떻게 행복하게 살지를 걱정하며 살기보다 지금 행복하게 살기로 했다. 그래서 세상의 기준을 나에게 빗대어 살기는 더 이상 크게 중요하지 않았다. 그렇게 '욜로'의 또 다른 느낌의, 스스로 느낄 수 있는 행복을 찾아 나서기 시작한 것이다.

진짜 어른이 될 때

요새는 글쓰기가 참 좋다. 글을 쓰는 것의 장점은 대충 흘러 보낸 모든 시간을 천천히 뜯어보면서 몰랐던 감정이나 사실들을 기억해 낼 수 있다는 것이었다. 그리고 피아노 소리를 듣는 것도 즐기기 시작했다. 눈을 감고 피아노 소리를 듣고 있으면 금방이라도 다른 세계로 여행을 하는 기분이 들었다. 따뜻한 차도 좋다. 건강해지는 느낌도 들고 차를 먹을 때 특유의 차분함이 함께 오는 것 같아서 좋다.

맞다. 얼마나 남았는지 모르는 인생을 더 이상 끌려다니기보다 주도적으로 살기 위해 아등바등하는 모습이 나에게 적합해 보였다. 내가 이렇게 생각하며 살아서일까? 요새 부쩍 세상 속 무언의 데드라인을 가볍게 넘나드는, 나이와 상관없는 친구들이 생기기 시작했다.

청소년 교육 비영리 단체를 운영하는 친구는 아이들에게 '생명과 안전'이라는 가치를 교육하기 위해 오늘은 못질을 알려 주겠다며 "나중에 결혼해서 아내에게 사랑받는 방법이야."라고 말하고 있다. 결혼할 조건을 물질적으로 갖추기보다 서로를 향한 순수한 사랑을 믿었던 한 부부는 4년 열애 후 결혼하여 함께 살고 있는 하루하루를 셀 때마다 기적이라 말한다. 삶의 진짜 가치를 찾아야 한다며, 전 재산을 털어 산티아고 순례를 출발한 친구도 있고, 대기업에 입사했다가 안주하는 자기 모습이 싫어 일 년 만에 퇴사한 후 스타트업에서 밤새워 공부하며 일하는 친구도 있고, 장난감을 좋아해 다니던 전기 회사를 때려치우고 무선 장난감 자동차를 만드는 회사를 창업한 친구도 있다. 그들 삶의 이야기에는 당연히 수많은 방황이 있었지만, 그들은 자신의 길을 걸어감으로써 놓쳤던 삶의 아름다움을 찾고 있는 멋지고 아름다운 사람들이다. 그들을 만나 나누는 이야기에는 늘 희망이 함께했고, 그들이 꿈꾸는 세상은 동화처럼 아름다웠다.

이처럼 세상의 기준을 맞추기보다, 나만의 기준을 세우고 자신만의 방법으로 삶의 진정한 여유를 찾고 사는 사람들이 내가 생각하는 21세기형 한량이라고 생각한다.

누군가 이처럼 한량이 되고 싶다면 '누가 무엇을 했고, 했고, 하고, 하고'는 이제 그만하고 자신의 내면의 소리에 귀를 기울였으면 좋겠다.

그래야 진짜 멋있다.

〈나눔 질문〉

Q. 21세기형 한량에 어울리는 친구를 소개한다면?

Q. 세상의 기준 VS 나의 기준

Q. 죽음에 대한 계획이 있다면? 자신의 묘비명을 써 본다면?

작은오빠

만 원의 행복

돈을 잘 쓰고 싶은 사람
돈의 가치를 알고 싶은 사람

'돈, 돈, 돈, 돈, 돈, 돈, 돈'

자본주의 시대에 걸맞게 돈이 주는 안정감은 어떤 안정감과 비길 수 없을 만큼 최고로 느껴졌다. '돈이 많으면 최고야.', '돈이 세상에서 제일 중요해.'라는 말도 공공연하게 인정할 수밖에 없는 현실이었다. 그래서 돈 앞에선 늘 상대적 박탈감이 들었던 것 같다.

그러나 이제는 확실해졌다. 그저 상대적인 것은 선택일 뿐이라는 것을 알았기 때문이다. 돈을 떠나서 절대적인 주관을 갖고 사는 사람들만이 돈보다 소중한 것을 발견했고, 이들은 돈에 가치를 두지 않았다.

나는 꿈길에서 10년 동안 '버텼다.'라는 말을 많이 쓴다. 실제로 10년 동안 셀 수 없이, 돈에 대한 상대적 박탈감과 비교에도 굴하지 않고 살아남았기 때문에 버텼다는 말이 가장 적절한 표현이었다.

처음 사회자로서 국민 MC라는 꿈을 꾸었을 때, 꿈을 꾸는 것만으로도 당당히 세상에 나아가 당당하게 날개를 펼칠 줄 알았지만 단박에 세상의 벽을 경험할 수 있었다. 단 하나의 무대에 오르는 기회조차 얻는 것이 상황상 불가능했기 때문이다.

처음 이 사실을 알았을 때는 단순히 '며칠 밤 자고 나면 해결이 될 거야.'라며 긍정의 에너지를 뿜었지만, 실제로 사회자로서의 기회가 주어지기까지는 꽤 많은 시간이 걸렸다. 경력이 없는 나를, 테스트 겸 무대에 올리는 것은 무대를 준비한 주최 측에

작은오빠

서는 대단한 모험이었기 때문이다.

그래서 처음에는 주최 측에 사정사정해야 했다.

"단 5분이라도 사전 무대라도 오르게 해 주세요."

그러면 주최 측에서 말했다.

"곤란해요. 저희가 따로 페이를 측정해서 드릴 수가 없어요. 정해진 예산에서 어긋나요."

그때마다 대답했다.

"아니에요. 페이 괜찮아요. 제발 무대만 설 수 있게 해 주세요."

물론 단호하게 거절하는 경우가 대부분이었다. 그러다 간절함이 닿아, 주최 측은 오프닝 무대 시작 전 5분을 허락했다.

그렇게 내 교통비를 지불하면서 무대에 5분을 서기 위해 2시간을 이동해야 했다. 돈을 버는 것도 아니었고, 정식 무대 사회자도 아니었지만 그날 마이크 잡는 5분은 어디에서도 경험할 수 없는 행복을 가져다주었다. 5분은 순식간에 지나갔다. 이동 시간에 비해 다소 짧은 시간에 아쉬움은 있었지만, 그날을 계기로 차츰 몇 군데에서 5분씩 사회를 볼 수 있는 기회가 주어졌다. 그렇게 그 해는 수입은 0원이었지만, 삶에서 가장 '찐한'

행복을 많이 누렸던 해로 기억되었다.

그러다가 한 번은 먼저 전화가 왔다.

"저번에 사회 보는 거 지나가면서 봤는데 재미있게 잘하시더라고요. 저희 단체도 사회 봐 주실 수 있나요? 그런데 페이가… 교통비 정도예요…. 3만 원. 정말 죄송해요…. 너무 적죠?"

이 전화를 받았던 날, 적다는 생각도 물론 들었지만 돈을 받고 사회를 보다니 꿈만 같은 일이었다. 인생의 첫 섭외 전화였기 때문이었다. 그렇게 다른 단체는 "죄송해요. 식비 정도만 드릴 수 있어요. 5만 원….", "죄송해요 식비랑 차비 정도만 드릴 수 있어요. 10만 원…."이라고 말했다. 그렇게 끊임없는 사과를 받으며 섭외 비용은 조금씩 오르고 있었다.

그렇게 매년의 성장을 연봉이 아닌, 내 몸값을 측정하는 것만으로도 행복을 누릴 수 있었다. 그랬기에 3만 원에서 5만 원, 5만 원에서 10만 원, 그렇게 점차 성장할 수 있었던 것 같다.

물론 액수는 아르바이트해서 버는 정도도 벌지 못했지만, 돈을 넘어서는 자부심과 자신감이 진정한 나의 가치를 만들어 주었다.

사회를 보면서 받았던 자그마한 돈은 쉽게 쓸 수 없었다. 애당초 적은 금액이기도 했지만, 나에겐 매우 뜻깊은 돈이었기 때문이다. 그래서 처음으로 이 돈을 어디에 쓸지, 어떻게 쓸지 고민했다. 일단 커피를 좋아하기 때문에 커피를 우선으로 했고, 이어 '주변에 지쳐 있는 사람에게 커피를 사 주자.'라는 생각을 하게 되었다. 나도 지쳐 있을 때 누군가 사 주었던 커피를 마시며 나눈 대화를 통해 큰 위로를 느꼈기 때문이다.

나는 그렇게 작은 돈으로도 다양한 사람과 돈독한 관계를 맺을 수 있었다. 만 원으로 친구도 얻고, 위로도 주고받는 것이 매우 행복했다. 그리고 시간이 지나, 그때 만났던 사람들과의 이야기가 지금은 또 다른 사람들과 공감할 수 있는 마음의 밑거름이 되었다는 사실을 알았을 때, 돈을 가장 잘 썼던 경험이라 말할 수 있는 커다란 추억이 되었다.

이번 장을 쓰면서 만나는 사람들마다 갑자기 생긴 만 원으로 무엇을 할 수 있는지 물어보았다. 비영리 단체를 운영하는 친구는 놀러 오는 아이들에게 먹일 밥과 반찬을 떠올렸고, 취업을 준비하는 친구는 3일치의 식비라고 했다. 취업에 막 성공한 사람은 기부하겠다고 했고, 대기업에 다니는 사람은 만 원으론 요즘 안주 하나 살 수 없다며 할 수 있는 것이 없다고 했다. 부모님은 가족이 먹을 수 있는 과일을 사겠다고 했고, 나는 오늘도 커피를 사 줄 지친 사람을 떠올렸다.

물론 통장의 돈이 줄어들 때마다 때론 점점 낙오되는 느낌이 드는 것도 사실이다. 그러나 이때도 지친 사람과 커피 한잔 하며 이야기를 나누려는 내가 조금은 멋있게 느껴진다. 자본주의 시대에 돈이면 거의 모든 것을 해결할 수 있을 것 같지만, 자신의 가치는 통장에 얼마를 쌓는지가 아니라, 만 원으로 무엇을 할 수 있는지를 떠올릴 때 알 수 있는 것 같다.

이제는 돈이 주는 불안함, 익숙함, 편안함, 안락함에서 벗어나 자신의 가치를 증명할 때다.

〈나눔 질문〉

Q. 살면서 가장 아깝다고 생각했던 만 원은 무엇인가요?

Q. 살면서 가장 뜻깊다고 생각했던 만 원은 무엇인가요?

Q. '돈에 대한 가치 vs 사람에 대한 가치'에 대한 생각은 어떤가요?

마음속,
빈자리

공허함을 많이 느끼는 사람
어린 시절 추억을 떠올리고 싶은 사람

오늘은 컴퓨터 바탕화면을 정리하는 날이다. 날을 정해 놓지는 않았지만 컴퓨터 앞에 앉아 아무 생각이 나지 않을 때 하는 방법 중 하나다. 바탕화면에 여기저기 널려 있는 메모와 사진들을 정리하다 보면 그날의 추억에 잠기기도 하고, 깔끔하게 정리되는 바탕화면을 볼 때마다 복잡한 머릿속도 때로는 조금 정리

작은오빠

되는 느낌이 들었기 때문이다. 그러다가 사진 한 장을 열어 놓고 생각에 잠겼다. 어린 시절의 웃고 있는 나의 모습이었다. 한없이 귀여운 모습에 입가에 미소를 지었다.

'난 아직도 애 같은데, 생떼도 피고 고집도 부리고 싶은데….'라는 생각을 했다.

매년 새해가 될 때마다 나이를 먹는 것은 나에게 또 다른 기쁨이었다. 나이가 들어야만 느끼는 삶의 여유가 있었고, 그만큼 좋은 사람들이 삶에 가득 채워졌기 때문이었다. 또 그들로 인해 나를 돌아볼 때마다 성장한 크기만큼 감사함까지 더해져 그들처럼 나도 점점 좋은 사람이 되어 가고 있는 기분이 들기도 했다. 그러나 마음속 어딘가에 있는 공허함의 크기는 점점 커져만 가는 느낌이었다.

겉은 화려해지는 기분인데… 왠지 속 빈 강정이랄까? 속은 점점 허해져 가는 느낌이 들었다.

공허함이 어디에서 오는지, 무엇 때문에 시작되었는지 딱 잘라 정의할 순 없었지만 막연하게 그냥 '사랑을 받고 싶다.'라는 마음 같았다. '주변 사람들에게 여전히 사랑을 충분히 받고 있는데….'라고 생각해 보아도 어딘가 모르게 생각을 하면 할수록 사랑의 갈급함이 확실해 보였다.

그래서 새해마다 커지는 공허함을 채우기 위해 부단한 노력을 했다. 새로운 사람들도 만나 보고, 친구들과 우정을 다짐해 보고, 사랑도 해 보고, 폭음도 해 보고, 선물도 사 보고, 운동도 해 보고, 여행도 가 보았다. 그러나 공허함은 쉽사리 채워지지 않았다.

그러다가 문득 사소한 갈등으로 사람들과의 관계가 틀어지거나, 건강 이상 등의 삶에 작은 문제가 찾아왔다. 그때에는 당장 내가 할 수 있는 것이 아무것도 없었다. 공허한 마음속에 총알이 관통하는 기분이 들었다. 삶은 점점 메말라 갔고 살기 위해 다시금 글을 써야 했다.

나에게 글을 쓴다는 것은 자신과의 좋은 대화이자 삶을 돌아보는 가장 좋은 방법이었다. 글을 쓰다 보면 희미해진 기억을 선명하게 찾아야 할 때도 있고, 잃어버린 기억을 되찾아야 할 때도 있기에 이런 과정들이 약간 고통스러울 때도 있지만 결국 그날의 의미를 다시금 알려 주고, 놓쳤던 감사를 찾게 해 주는 과정이 되어 주었기에 이것들이 공허함의 이유를 찾아 줄 것으로 생각했다.

공허함, 공허함이란 무엇일까? 왜 공허할까? 공허함은 왜 어 떤 것으로도 채워지지 않을까? 어떻게 채워야 하는가? 인기가 많으면? 돈이 많으면? 명예가 있으면? 도대체 무엇일까? 이런 것들이 없는 삶은 공허함을 영원히 채울 수 없는 것일까? 아닌 데, 충분히 인기 많은데….

주절거리듯 두서없이 죽 글을 써 내려가는데, 문득 이런 생각 이 들었다. 새로운 사람을 만나거나 여행을 하거나 SNS를 하는 등의 활동은 사랑을 받고 싶은 마음부터 시작이 아닐까?

아… 그렇다면 나에게 '사랑을 받는 것'은 또 무엇일까?

나는 어렸을 때부터 방긋방긋 웃으며 인사하는 습관 덕분에 동네방네에서 인기가 많았다.

그래서 집 밖에만 나가면 알아봐 주는 어른이 많았고, 누군 가에겐 부러움을 자아낼 정도였다. '항상 밝은 아이, 인사 잘하 는 아이, 잘 웃는 아이'라는 말은 나를 나타내는 가장 적합한 단어로 보였고, 사랑받는 아이의 표본처럼 보였다. 그럴수록 나 는 점점 더 밝아졌고 그 모습이 '진짜 나'일 것이라고 생각했다. 그러나 오랜 시간이 지나 그것은 허상이라는 사실을 알게 되었다. '항상 밝은 아이, 인사 잘하는 아이, 잘 웃는 아이'는 타인에게 '진짜 나'를 숨기는 가장 좋은 방법이었던 것이다.

5살, 불특정 '엄친아'들과의 비교에 부모님의 교육열이 유난했다. 조기 교육의 열풍이 온 세상에 불기 시작했고, 우리 집도 휩쓸렸다. 그때는 그것이 가족에게 받는 사랑 공급의 끝을 야기할 것이라고 예상치 못했지만, 집에만 오면 점차 불안해져 가는 나의 모습을 발견할 수 있었다.

취침 시간은 밤 12시, 기상은 아침 6시, 식사 시간은 20분 미만, 학교에 가지 않는 휴일은 12시간 공부. 화장실 가는 시간도 아끼라며 화장실에 설치한 영어 스피커. 가끔 방학에 놀러 가는 해외여행은 그마저도 지금까지 공부했던 실전 외국어 테스트 목적이었다. 이것이 어린 시절 내 삶의 실제였다. 그러다 보니 집이라는 곳은 편안하게 쉬는 공간보다 철창 없는 감옥, 수용소라는 말이 심리상 적합한 단어로 보였다.

그러다 보니 그 시기부터 집에서 만나는 가족이 그렇게 달갑지 않았다. 가족 한 명 한 명이 감시자로 느껴졌다. 아무리 부모님이 맛있는 것을 사 줘도, 선물을 사 줘도, 여행을 데려가도,

즐거움이나 감사함보다는 앞으로 '얼마나 더 공부시키려고…'라는 희망 고문으로 생각했다. 점점 교육의 정도는 지나쳤고, 집에서 느낄 수 있는 사랑은 조금도 없었다.

나는 오늘 바탕화면 정리를 통해서 웃고 있는 어린 시절의 사진을 보고, 지독히도 힘들었던 기억을 세세하게 들추어야 했다. 그리고 글을 쓰다 보니 비어 있는 공허함의 시작이 왠지 이때부터였다고 짐작했고, 확신이 들었다. 그리고 생각의 끝에서 가족에게서 받아야 하는 사랑의 빈자리가 지금의 공허함임을 알게 되었다.

'한창 사랑만 받아도 모자랄 나이에, 나조차도 진짜 나의 모습을 숨기기에 급급했지…'
사랑을 받기 위해, 나를 숨겼다는 사실을 알게 되었다.
'멍청이…. 왜 그때 솔직하지 못했니?'라고 질책해 보아도 그때에는 어쩔 수 없었다. 어렸다.

그러다가 문득 어린 시절 그런 환경 속에서도 잘 웃으며 버텨 준, 성장해 준 나 자신이 대견하게 느껴졌다. 그리고 사랑을 받기 위해서 집 밖에서 그렇게 웃고 다니던 모습을 떠올려 보니, 어딘가 모르게 짠하기도 했다. 참 여러 감정이 섞여 가슴이 뜨거워졌다.

지금까지 비어 있는 공허함을 메우기 위해, 진실한 사랑을 찾기 위해 수십 년을 방황했던 것 같다. '이것이 가족에게서 시작된 것을 조금만 더 일찍 알았더라면 칭얼거리며 가족에게 술주정이라도 했을 텐데…'라고 변명하면서도 은근히 엄마에게는 마트 가자며 칭얼거리는 나의 모습에서 내가 생각하는 가족의 의미가 새롭게 만들어지고 있다. 요즘 이렇게 공허함이 메워져 가는 기분이다.

만약 현재, 자신에게 채워지지 않는 공허함이 있다면, 그리고 그것이 어린 시절 가족에게 느끼지 못했던 사랑이라고 생각한다면, 이제는 조금은 쓰린 기억이라도 그 시절의 나를 찾아갈 때이다. 이어 "그럼에도 정말 대견하게 잘 지냈다."라고 스스로 위로해 주면 가족에게 한 걸음 다가갈 수 있는 용기 있는 어른이 될 것이다. 그래서 다시금 공허함을 메워 앞으로의 미래의 탄생할 내 아이에게 진짜 사랑을 전할 수 있는 진짜 어른이 되었으면 좋겠다.

공허함을 메우는 첫걸음을 응원하며 오늘, 사랑을 나눠 줄 만큼 성장한 내 모습에 자화자찬하며 활짝 웃는 내 모습을 바탕화면에 저장해야겠다.

〈나눔 질문〉

Q. 나의 공허함의 크기는 어느 정도인가요?

Q. 어린 시절 나와 지금의 나를 비교해 본다면 많이 달라졌나요?

당신의
휴게소

인간관계에 두려움이 있는 사람

인간관계를 잘하고 싶은 사람

    난 살면서 아직 인간관계가 어렵다고 생각한 적은 없다. 그만큼 인간관계를 잘 맺는 것일 수도 있고 어쩌면 별생각 없이 살았을 수도 있다.

    요즘 들어 인간관계에 대해 어려움을 토로하는 사람이 많아진 것 같다. '사람이 다가오는 것이 두려워요. 떠날까 봐 걱정돼요. 인간관계를 맺는 것이 무서워요.' 등의 말은 시간이 지날수록 더 많이 들리기 때문이다.

며칠 전, 한 동생이 인간관계에 대해서 두렵고 무섭다고 눈물을 보였다. 그때, 애드리브처럼 나온 말이었지만 평소 생각을 담아, 인간관계에 대한 짧은 생각을 말했다.

"아이고, 그렇구나. 내가 너와 같은 상황이었어도 힘들었을 거야. 공감이 될지는 모르겠지만 내가 인간관계에 대해서 어떻게 생각하는지 말해 줘도 될까?"

"네."

"나는 인간관계를 따지기 전에, 먼저 나의 역할부터 생각하는 것 같아."

"네?"

"나를 휴게소로 생각하는 거야. 왜 휴게소에는 '소떡소떡'도 있고, 오징어도 있고, 떡볶이도 있고, 커피도 있잖아? 사람들은 그 휴게소에 잠깐 들르는 거야. 누군가 너무 피곤하면 휴게소에서 자고 갈 수도 있고, 맛있는 거 이것저것 먹다 보면 저녁이 될 수도 있고, 잠깐 화장실에 볼일만 보고 갈 수도 있고."

"그러면 소비만 당하는 거 아니에요?"

진짜 어른이 될 때

138

"꼭 그렇진 않아. 내가 행사 다닐 때도 항상 들르는 휴게소가 있는데, 그곳에서 가락국수를 먹으면 이상하게 마음이 편해진 다? 그래서 나는 늘 그곳에 가는 걸 꿈꿔. 행사를 기다리는 건 가?"(웃음)

"음…."

"그러니까 휴게소로 생각하고, 누가 갈지를 아쉬워하기보다 누가 올지를 생각하는 측면이 훨씬 설레고 좋아. 가면 가는 대 로 나중에 또 보면 되고, 오면 오는 대로 반갑고, 그게 예전에 한 번 들렀던 사람이면 두 배로 반갑게 느껴질걸?"

"아, 한 번도 생각지도 못했던 얘기네요."

"그래서 나의 역할은 휴게소에 놀러 오는 사람들을 위해, 다 양한 메뉴와 놀 거리, 즐길 거리를 개발하지. 그러다 보면 어느 새 더 많은 사람이 찾아오게 된다? 그래서 인간관계는 매번 나 를 설레게 만들어."

대화 이후.

진심이 닿길 바라며, 동생을 바라보는데 동생의 얼굴에는 무 언가 할 수 있다는 희망찬 미소가 보였다.

'그래 할 수 있어. 충분히 좋은 사람이야. 휴게소 문만 열면
돼.'

〈나눔 질문〉

Q. 당신은 누군가의 휴게소인가요?

Q. 사람들이 당신의 휴게소에서 어떤 감정을 느끼면 좋을까요?

Q. 앞으로 당신의 휴게소에 마련하고 싶은 것은 무엇인가요?

작은오빠

눈높이 교육
그리고 역지사지

어린아이와 대화하고 싶은 사람

대화를 통해서 상대방을 이해하고 싶은 사람

    실내 공공장소에서 소리를 지르며 뛰어다니는 어린아이들을 보며 잠깐은 귀여워 보였지만 이내 속에서 스멀스멀 화가 올라와 인상을 찌푸렸던 기억이 있다.

    그러나 이제는 아이들을 조용히 달래려는 부모님의 행동과 눈치를 보는 아이들의 모습을 번갈아 가며 지켜볼 때가 많다.

요즘, 나와 조카 사랑이의 모습이 대조되어 보였기 때문이다.

사랑이가 처음 세상에 나왔을 때 병원에서 유리창 너머 포대기에 쌓여 있는 아주 작은 생명체를 보게 되었다. 눈도 뜨지 못한 채 꼬물꼬물 움직이는 그 생명체를 볼 때는 별 감흥이 없는 듯했으나, 자연스럽게 입 밖으로 튀어나온 말이 있었다.

"날 보고 웃고 있어⋯."

그날 이후로 매년 조카의 성장을 바라보며 둘만의 특별한 추억을 쌓아 왔다.

요즘은 사랑이와 이야기를 나누는 재미에 빠졌다. 툭툭 자기의 생각을 내뱉는 조카의 말에 감탄을 내뱉은 적이 많기 때문이다. '때 묻지 않아서 그런가?', '어떻게 저렇게 말할 수 있지?' 등 이유를 찾으려 생각해 보아도 사랑이가 내 앞에서 배시시 웃으면 모든 고민은 잊혔다.

온 바닥을 기어 다니며 "삼촌, 이거 뭐야?"라고 세상의 궁금한 모든 것을 물었던 게 며칠 전 같은데⋯. 이제는 나에게 '삼촌 너무 고민하며 살지 않아도 돼.'라며 작은 해답을 주는 기분이 든다. 시간이 참 빠르다.

하루는 사랑이를 어린이집으로 직접 데리러 가게 되었다. 사랑이 입장에선 부모님이 아닌, 갑작스러운 삼촌의 방문에 당황했지만, 평소처럼 배시시 웃으며 어린이집 선생님하고 배꼽 인사를 나누고 내 손을 잡았다.

"사랑아, 오늘 어린이집에서 뭐 했어?"

"어… 음… 밥도 먹고, 선생님이랑 그림도 그리고, 잠도 자고. 근데 왜 오늘 삼촌이 왔어?"

"응! 사랑이랑 놀고 싶어서 삼촌이 왔지. 사랑이 뭐 하고 놀고 싶어? 삼촌이랑 마트 갈래?"

"마트? 우아, 좋아!"

평소에도 사랑이와 가끔 마트를 간다. 마트는 나에겐 머리를 식히는 공간이었고 사랑이에겐 그저 천국이었다.

마트에 도착하자마자, 사랑이는 나를 잡아끌고 과자 코너로 질주했다. 다양한 과자가 줄지어 있는 모습은 사랑이에게 천국과 같았다. 과자마다 그려진 캐릭터를 "삼촌, 얘는 신비야.", "삼촌, 얘는 아기 상어야."라고 설명했고, 사랑이의 목소리 톤은 점점 높아지기 시작했다. 그러던 중 사랑이가 갑자기 '와악' 소리를 질렀다. "삼촌! 얘가 엘사야!"라며 사랑이는 자리에서 폴짝 폴짝 뛰기 시작했다. 그저 과자 앞에서 즐거워하는 사랑이의 모습이 마냥 귀여웠다.

그러던 중 무언가 머리 뒤가 싸해지는 느낌이 들었다.

낮 시간이라 사람이 많진 않았지만 몇 명의 사람이 사랑이와 나를 번갈아 보기 시작했다. 그 시선에는 '아이 조용히 좀 시키세요, 아버님.'이라는 뜻이 담겨 있었고, 충분히 눈치챌 수 있었기에 급하게 사랑이를 불러 세웠다.

"사랑아, 잠깐만! 혼자 뛰지 말고, 삼촌이랑 같이 뛸까?"

"응? 그래!"

삼촌과 같이 뛸 생각에 사랑이는 좋아했다.

사랑이를 얼른 카트에 앉히고, 사람들이 없는 자동차 용품 코너로 데리고 갔다.

"사랑아, 준비됐어? 삼촌 뛴다."

이어 살짝 소리를 지르며 자동차 용품 코너를 왔다 갔다 뛰기 시작했다.

"삼촌 잡아 봐라, 잡아 봐라."

사랑이는 삼촌의 모습에 재미를 느껴 까르르 웃으며 나를 잡으려 뛰기 시작했다. 그렇게 두어 번 자동차 용품 코너를 왔다 갔다 했을까? 사랑이가 뛰던 발걸음을 갑자기 멈추었다.

"삼초오오온! 그만! 그만!"

사랑이의 짧은 말에는 5살 아이에게 볼 수 없었던 엄격함이 담겨 있었다.

"응? 왜? 이제 그만할까?"

사랑이는 대답하지 않고, 손으로 우리의 모습을 지켜보던 마트 직원을 가리켰다. 마트 직원은 우리를 보며 웃고 있었지만 사랑이는 처음으로 사람의 눈치를 느낀 모양이었다.

그 후 사랑이는 마트에서 어디로 튈지 모르는 삼촌의 행동을 살피기 시작했다. 조금이라도 뛰려는 시늉만 해도 사랑이가 양손으로 내 손을 꽉 잡았다. "사랑아, 뛰자."라고 하면 "싫어, 사랑이 안 뛰어!"라고 단호하게 말했다. 그날 이후 사랑이는 더 이상 마트에서 뛰지 않게 되었다.

사실, 지난번 어린이 음악 캠프를 진행하면서 만났던 선생님의 방법이 나에겐 큰 배움으로 다가왔다. 어린이 캠프 특성상, 아이들이 분위기에 취해 평소보다 말도 더 안 듣고, 서로 싸우는 경우가 많은데, 이것들을 해결하는 선생님만의 특별한 방법을 보았기 때문이다.

그날도 간식을 먹는 시간에, 두 아이가 악을 쓰며 싸우기 시작했다. 한 친구는 소리 지르며 울기 시작했고, 다른 친구는 점점 소리를 높이며 우는 친구를 놀리기 시작했다. 금세 분위기는 아수라장이 되었고 선생님은 중재했다. 선생님의 중재에도 아이들의 흥분은 쉽게 가라앉지 않았고, 그 시간부로 간식 시간은 자동 종료되었다. 금세 분위기는 싸해졌고 두 친구를 제외한 모든 학생은 숙소로 돌아갔다.

남은 두 친구에게 선생님이 말했다.

"선생님 옆방에서 기다리고 있을게요. 울음 멈추면 같이 찾아오세요."

선생님의 차분한 말투에 아이들은 금세 울음을 멈췄고, 기죽은 듯 선생님이 계시는 옆방으로 갔다.

몇 분이 흐른 뒤….

서로의 손을 잡고 돌아온 아이들은 금방이라도 울 것 같은 얼굴을 하고 있었다. 그리고 누가 시키지도 않았는데 서로 부둥켜안으며 서로에게 진심으로 미안하다고 사과했다.

선생님은 뒷문으로 그 모습을 흐뭇하게 바라보고 계셨다. 나는 그때 선생님의 모습에서 멋짐을 넘어선 빛이 뿜어져 나오는 것을 보았다. 인자함을 넘어선 미소는 존경스럽게 느껴졌다.

선생님은 이어 아이들에게 소시지 한 개씩을 손에 쥐어 준 후 숙소로 올려 보냈다. 어떻게 하면 방금까지 소리를 지르며 싸웠던 친구들이 이렇게 금방 변할 수 있는지 궁금했다.

선생님에게 물었다.

"선생님, 왜 싸운 거래요?"

"한 친구의 간식 패키지에 소시지 하나가 빠져 있었고, 다른 패키지에는 소시지 두 개가 들어 있었나 봐요. 그래서 옆 친구의 소시지를 뺏으려는 친구와 뺏기지 않으려고 하는 싸움이었어요."

"정말 별것도 아닌데…"

"그렇죠? 그러나 아이들은 소시지 하나에 목숨을 걸어요."(웃음)

"선생님, 그런데 어떻게 몇 분 지나지도 않았는데, 금세 아이들이 서로에게 미안함을 느끼는 것 같던데… 어떻게 그럴 수 있어요?"

"아, 어렵지 않아요. 역할을 바꿔서 행동하게 하면 돼요. 패키지에 소시지가 빠진 친구는 두 개가 있다는 상황 설정을 해 주고, 두 개 들어 있는 친구는 소시지가 빠진 패키지를 받았다고 상황 설정해 주면 돼요. 그리고 눈을 감고 역할놀이한다고 말하면 아이들이 스스로 상황을 생각하기 시작해요. 그러면 아이들이 스스로 역지사지의 감정을 느껴서인지 서로에게 미안한 마음이 생기나 봐요. 우리 아이들 되게 순수하고 귀엽죠?"

선생님은 짧게 말씀하셨지만 그간의 내공이 고스란히 전해지는 기분이 들었다.

각 분야에서 재야의 고수를 만날 때마다 찌릿한 설렘이 있었다. 그들의 노하우는 항상 인생을 돌아보게 만들었던 것 같다. 난 그들을 닮고 싶었고, 공감하고 싶었다.

사랑이와 있었던 추억이 그날의 선생님의 말을 공감하는 데 큰 도움이 되었다. 눈높이 교육 그리고 역지사지, 그것이 오늘의 배움이다.

〈나눔 질문〉

Q. 어린아이와 눈 맞추고 이야기를 나누어 본 경험이 있나요?

Q. 당신의 어린 시절 당신에게 눈 맞춰 준 어른이 있나요?

Q. 삶에 역지사지의 순간이 있었나요?

일상을 찾아 준
모닝 샌드위치 세트

일상을 회복하고 싶은 사람
아침에 일찍 일어나고 싶은 사람

지쳐 있는 삶을 버티다 보면 꼭 선물 같은 하루가 허락되었다. 바로 무대에 오르는 날이었다. 화려한 조명은 날 황홀하게 만들었고, 그때마다 컨디션도 최상이었다. 당연히 평소처럼 잘했고, 그날따라 유독 내가 참 대견하게 느껴졌다. 집으로 돌아오는 차 안에서 음악을 크게 들으며 콧노래를 불렀다.

작은오빠

'그래, 내가 가장 좋아하고 잘하는 일이야.'라고 다짐했다.

해를 거듭할수록 내가 선물로 생각하는 하루가 늘었다. 선물이 느는 만큼 감사가 커지는 것은 당연했지만, 그만큼 당연하게 생각하는 마음도 늘었다. 초심을 잃은 것까진 아니지만 이렇게 생각하는 내가 가끔은 무섭게 느껴지기도 했다.

그러던 어느 날, 특별한 이유 없이 예상치 못한 외로움과 공허함이 몰려왔다. 사방이 막힌 지하 골방 어딘가에 갇힌 느낌이 들었고, 그곳에서 무한히 스스로 반복하는 말이 있었다.

'그래서 이제는 뭐 할 건데?'

'앞으로는 뭐 할 거냐니까?'

'특별히 할 수 있는 것이 아무것도 없을걸?'

참. 이 질문, 잔인했다. 나를 계속 조롱하는 느낌이 들었다.

벗어나기 위해 선물로 생각했던 하루를 돌이켜 보았지만 기억나지 않았다. 온몸의 힘이 빠져나가는 느낌이 들었고, 그 때문에 작은 문제가 생겼다.

큰일이다.

삶이 무기력해졌다.

무기력은 곧 일상을 조금씩 붕괴시키고 있었다. 아침이 돼서야 잠에 들고, 해가 중천쯤 떠야 일어났다. 음식은 먹어도 먹어도 무언가 허전하여 폭식을 즐겼으며, 무대에서 지치지 않는 체력을 만들려고 등록한 헬스장은 벌써 석 달째 가지 않았다. 집 앞 편의점에서 음료수 하나 사 먹으러 나가기 귀찮은 지경까지 왔다.

그날도 평소처럼 해가 중천에 떴을 때 눈이 떠졌다. 눈을 뜨자마자 하는 일은 휴대 전화를 뒤적거리며 SNS나 영상을 보는 것이었다. 그러다 실수로 휴대 전화를 얼굴에 떨어뜨렸고, 정통으로 맞았다. 아팠다. 그럼에도 영상 보는 것을 멈출 수 없었고, 다시금 휴대 전화를 들었는데 누워 있는 내 얼굴이 나왔다. 셀프 카메라가 작동한 것이다.

오랜만에 마주하는 내 얼굴이었다. 그런데… 그놈 참 못생겼더라. 어젯밤 폭식으로 인해 얼굴은 팅팅 부었고, 언제 세수했는지 모르는 기름기 짙은 얼굴과 떡진 머리까지. 너무 밉상처럼 보였다.

평소에 잘 웃고, 귀여운 얼굴을 가진 나의 본모습은 어디에도 찾을 수 없었다.

'언제 이렇게 변했지? 절대 아닐 거야.'라며 부정하며, 용기를 내어 오랜만에 거울 앞에 서 보았으나 더욱 초라해 보였다.

'왜 이렇게 되었을까…'

'어쩌다 이렇게 되었을까…'

충격적이었고, 그날은 이 두 질문이 계속 맴돌았다. '그래, 더 이상 이렇게 살 수 없다.'라는 생각과 다짐이 들었다.

"일단 당장 내일 일상부터 찾아 보자. 아침 일찍 일어나서 운동부터 시작하기."

다음 날, 다짐 덕분인지 부푼 기대를 안고 일단 이른 아침 눈을 뜨는 것은 성공했다. 하지만 '운동 가야지, 가야지…'라는 생각을 할수록 귀찮음이 몰려왔다.

침대를 벗어나려고 하면, "5분만…"이라고 외치며 버텼다. 그날따라 왠지 평소보다 더 추운 느낌도 들었고, 화창한 날씨임에도 '곧 비가 오지 않을까?'라는 핑계를 끊임없이 했다. 결국, 그날도 정오가 되어서야 이불 밖을 나올 수 있었다. 정오가 되니 오전에 운동을 하겠다는 다짐은 자연스럽게 접혔다. 그리고 그날 오후, 다시금 생각했다.

'맞아, 사실 아침에 일어나 운동까지 가기는 컨디션이 매우 좋은 날에도 욕심에 가까운 일이었잖아.' 그래서 목표를 수정했다.

다음 날 목표는 침대에서 일어나자마자 벗어나기였다. 전략이 필요했다. 요즘 컨디션 같으면 이 또한 쉽지 않다는 것을 알았기 때문이다. 침대를 벗어나게 하는 강력한 유혹이 필요했다. '어떤 유혹이 있을까?'

곰곰이 생각하는데, 문득 단골 카페 메뉴판 밑에 적힌 글씨가 떠올랐다.

10시 이전 손님 샌드위치+아메리카노 5,000원(한정 수량)

제 값에 그것들을 먹으려면 8,500원이었다. 돈도 아끼는 느낌이 들었고, 무엇보다 양상추와 토마토가 어우러진 아삭거리는 식감과 초록과 빨강이 어우러진 색감이 머릿속을 맴돌았다. '그래, 샌드위치랑 커피 먹으러 가자.'

이날은 자는 그 순간까지도 '내일이 빨리 왔으면 좋겠다.'라는 설렘으로 가득했다.

다음 날, 알람은 넉넉히 8시로 맞추었지만 자연스럽게 눈이 떠져 휴대 전화 시계를 보았다. 6시 30분, 요즘 컨디션으론 영문을 알 수 없는 시간이었지만 다시 잠이 오지 않았다. 일어나자마자 양상추와 토마토의 아삭거리는 식감과 색상이 온 머릿속을 맴돌기 시작했기 때문이다.

카페 오픈은 8시, 그때까지 기다리기가 쉽지 않았다. 남은 시간을 빠르게 보낼 무언가 필요했다.

'그래, 운동이라도 가자.'

그렇게 7시에 헬스장에 도착해 오랜만에 운동 기구들을 깔짝거리니 금세 8시가 되었다. 운동을 마치고 샤워를 하고 집으로 돌아가는 발걸음이 그렇게 가벼울 수가 없었다. 곧 샌드위치를 먹을 생각에 온 세상이 행복하게 느껴졌다. 집에 도착해 가방에 노트북과 책을 욱여넣고 카페로 향했다. 정말 오랜만에 느껴 보는 상쾌한 기분이었다. 영화 속 한 장면처럼 이리 뛰고 저리 뛰고 싶을 만큼 행복했다.

카페에 들어가자마자 주인에게 인사를 건네고 주문했다.

"제가 어제부터 모닝 샌드위치가 먹고 싶어서 잠을 설쳤어요. 모닝 샌드위치 세트 주세요."

아침 9시에 먹는 샌드위치와 커피 한 잔이라니. 뉴욕에 여행을 온 기분이었다. 모닝 샌드위치가 나왔고, 이왕에 '분위기나 마음껏 내자.'라며 책을 한 권 꺼내서 읽게 되었다.

그날은 샌드위치로 인해 오전부터 정말 많은 것을 했던 첫 번째 날이 되었다. 그래서 이날부터 며칠간 모닝 샌드위치는 나를 부지런하게 만들어 주는 이유가 되었고, 매일 밤 토마토와 양상추의 아삭거리는 식감과 초록과 빨간 색상이 어우러진 조화를 온몸의 감각으로 느낄 때마다 다음 날이 오는 것을 기대하도록 만들어 주었다.

잃어버린 삶에 대한 기대는 이렇게 찾을 수 있었다.

이후, 하루에도 두 번씩 무너지는 일상에서 온몸의 감각을 느끼며, 다시금 일어날 수 있는 경우를 만들기 시작했다. 그것이 삶을 다시금 설레고 기대하도록 만들게 한다는 사실을 알았기 때문이었다.

얇은 옷을 입고 장대비를 흠뻑 맞는 일, 얼굴에 선크림을 잔뜩 바르고 햇볕을 쬐는 일, 저녁에 만보를 걷는 일은 내가 가장 흔하게 하는 일이다.

때로는 새벽 등산 후 오전에 먹는 갈비탕이 새벽잠을 깨우기도 하고, 때로는 방에 들어올 때 상쾌한 기분을 느끼기 위해 방을 대청소하는 경우도 생기게 되었다.

　요즘 내 얼굴이 마음에 든다. '고놈 볼 한 번 당겨 보고 싶네.'
라는 말이 절로 나오는 귀여운 얼굴이 다시금 보이기 때문이다.

〈나눔 질문〉

Q. 요즘 당신의 삶은 어떤가요?

Q. 당신의 일상을 깨울 수 있는 한 가지는 무엇인가요?

Q. 잃어버린 일상을 찾았던 경험이 있다면 무엇인가요?

작은오빠

꿈쟁이들에게

꿈을 꾸려는 사람
꿈길에서 고비가 온 사람

어린 시절부터 다양한 일에 관심이 많았고, 무슨 일이든지 도전하려고 시도했던 경험마다 남다른 불타는 에너지가 있었다. 친구들은 그렇게 매번 도전하는 나를 열정적이라 했고, 나도 인정하는 부분이었다. 그러나 내가 그렇게 도전한 어떤 일에도 정작 한 달 이상 지속한 것은 아무것도 없었다. 남다른 에너지로 시작한 만큼 남다른 에너지로 식었기 때문이다.

작은오빠

기타를 처음 배울 때는 당장이라도 싱어송 라이터가 될 것만 같아서 기타도 덜컥 사 버렸지만, 가만히 앉아서 정적으로 연습하는 것이 나와는 절대로 맞지 않은 악기라며 2주 만에 포기했다. 물론 그 후에도 새해가 될 때마다 먼지가 쌓인 기타 케이스를 보며 올해는 새롭게 도전해야 한다고 열정을 다졌지만, 아직까지 기타 케이스를 한 번도 열지 않았다. 또 올해는 반드시 보디 프로필을 찍겠다는 각오로 단백질 보충제도 사고, 헬스 도구들도 구입하며 헬스장을 열심히 다니기로 다짐했지만 일주일 정도 무거운 기구들을 과하게 들다 보니 몸살에 걸렸다. 몸살을 핑계로 '하루만 쉬자, 딱 하루만.'이라고 연장하다 다음 해가 되었다.

이밖에도 댄스, 연기, 피아노, 드럼, 포토샵, 사진, 편집 등 도전의 가짓수는 다양하고 많았지만 지속되는 시간은 길어야 한 달 남짓이었다.

매번 도전할 때는 원대한 꿈을 가지고, 열정을 다해 계획을 세우며, 계획대로 실행도 했지만 포기하고 싶은 순간이 다가올 때는 아주 사소한 핑계를 만들어 합리화하여 쉽게 포기했다.

그러나 수년이 지나도 아직까지 포기하지 않은 단 한 가지가 있다. 바로 꿈이었다. 꿈을 처음 꾸기 시작할 때의 불타는 열정은 식었지만, 은은한 모닥불의 형태로 아직까지 뜨겁게 남아 있다. 정말 아직도 진지하게 국민 MC라는 꿈을 꾸고 있기 때문이다.

꿈을 꾸며 살다 보니, 만나는 사람 중에는 꿈을 꾸는 사람이 많았다. 그들과의 대화에는 희망이 가득했으며, 매번 서로를 향한 진심 어린 응원이 있었다.

하루는 힘들게 인디 음악을 하고 있는 동생이 날 찾아왔다. 그때 했던 말이 나에게 커다란 힘이 되었다.

"형, 내가 아직 꿈을 포기하지 않고 꿀 수 있는 이유는 열정적으로 아직까지 꿈을 지켜 온 형 때문이에요. 그러니 앞으로도 그렇게 계속 꿈을 지켜 주세요."

그때 '때론 인생이 거꾸로 가는 것 같지만 나도 누군가의 희망이 되고 있나?'라고 생각했고, 희망이 되고 있다는 확신과 함께, 꿈에 대한 사명감이 짙어졌다.

꿈을 꾸는 사람은 정말로 멋있다. 꿈이 있다는 것만으로도 많은 좌절과 고통, 어려움과 실망, 그리고 고독을 지속적으로 경험하기 때문이다. 이것들을 극복할 수 있는 작은 사례 같은 것조차 없다. 그렇기 때문에 각자만의 다른 방식으로 이것들과 싸우고 경험하며 이겨내면 자신도 몰랐던 새로운 사실을 발견하게 된다. 자신이 정말로 위대하다는 사실이다. 이것들은 꿈을 꾸고 걸어온 사람만이 알 수 있다. 그들은 자신에 대한 무한한 신뢰를 멈추지 않아야 하며, 하루에도 수차례씩 찾아오는 고민과 갈등 속에서 매번 오뚝이처럼 순간을 이겨 낼 방법을 찾아야 한다. 만약 어떠한 이유든지 매너리즘에 빠져 삶에 안주하는 순간, 성장은 멈추고 꿈은 멀어지게 된다. 그렇기 때문에 정신 똑바로 차려야 한다.

꿈을 처음 꿨을 때는 막대한 에너지와 불타오르는 열정으로 시작했을지라도 그 길을 지속할 수 있는 힘이 '진짜 열정'이라는 사실을 깨달을 즈음, 그 길에 책임감과 사명감 같은 것이 생기게 된다. 그리고 이것은 지속할수록 진짜 멋진 사람을 넘어 진짜 어른으로 만들어 줄 것이다. 그때 즈음, 가끔 들린 비판 어린 걱정과 조롱 같았던 야유가 금세 당신을 향한 환호와 격려로 바뀔 것이고, 당신의 꿈을 응원하는 사람이 늘어날 것이다. 그것이 오늘도 꿈을 꿔야만 하는 이유이다.

진짜 어른이 될 때

며칠 전 꿈을 꾸는 친구가 무대 마지막 즈음 질문했다.

"사회자님, 제 꿈은 배우인데 꿈을 이룰 수 있을까요?"

대답했다.

"마지막에 꿈을 이룰지 어떨지 제가 대답을 해드릴 순 없어요. 전 신은 아니잖아요. 그러나 꿈을 오래 간직할수록 반드시 좋은 사람이 될 것입니다. 이것은 제가 증거기도 합니다. 오늘의 당신이 또 다른 누군가의 가능성입니다. 당신의 꿈은 오래 간직할수록 당신을 진짜 좋은 사람으로 만들 거예요."

모두 꿈을 꿔야 한다. 꿈의 크기는 중요하지 않다. 아무리 스스로가 작다고 생각하는 꿈일지라도 꿈을 향한 고민의 흔적만큼 좋은 사람, 진짜 어른이 될 것이다. 난 그 가능성을 믿는다.

작은오빠

〈나눔 질문〉

Q. 당신에게 열정이란 무엇이라고 생각하나요?

Q. 꿈에 대해서 혹은 꿈이 있는 사람에 대해서 어떻게 생각하나요?

Q. 어떤 꿈이 있나요?

그 모 든 꿈 을 응 원 합 니 다 .

진짜 어른이 될 때

〈라이온 킹〉 그리고
하쿠나 마타타

요즘 삶에 지쳐 있는 사람

지쳐 있는 사람에게 힘이 되고 싶은 사람

　요즘 매일 올라오는 인터넷 기사들을 보고 있으면 '앞으로의 미래는 더 어두울 것'이라는 전망에 조금 남아 있는 희망까지도 짓밟힌 기분이 든다. 청년 실업, 자살, 고독사 등이 나에게 있어서 완전 다른 이야기가 아니라는 생각이 가끔 들기 때문이다. 그렇다고 기사를 무시하거나 완전히 보지 않을 수는 없었다. 그것이 현실이기도 했기 때문이다.

당장 내일 무엇을 해야 할지 몰라서 여러 갈등 속에서 헤매고 있을 때, 문득 이런 생각이 들었다. '뭐라도 열심히 해 놓을 걸….' 무언가 취미도 하나 없이, 특기도 없이 어중간하게만 살아온 것 같은 자신이 한심하게 느껴졌다. 특별히 잘하는 것도 모르겠고, 소위 말하는 자격증도 없고, 그렇다고 막무가내로 논 것도 아닌데 왠지 모르게 사회에서 버려진 느낌이었다. '나름대로 하루하루 최선을 다해 살았다고…. 그것 좀 알아 달라고….'라고 아무리 도움을 요청해 보아도 내면에서 들려오는 소리는 온통 부정한 미래에 대한 이야기뿐이었다.

어렸을 적 보았던 영화 〈라이온 킹〉의 장면 중 영양 떼에 치여 죽은 '무파사(아빠)'를 발견한 '심바(아들)'가 자책하며 "아무도 없어요?"라며 도움을 구할 때, 골짜기에서 홀연히 나타난 '스카(삼촌)'가 한 말이 떠오른다.

"도망가, 심바. 도망가서 다시는 나타나지 마."

고작 사자 한 마리가 뱉은 말이지만, 동심을 넘어 내 마음까지 꿰뚫은 기분이 들었다. 요즘처럼 삶 전체가 온통 자책처럼 느껴지는 시기는 지금까지 아무리 단련하고 성장했어도 힘들게 느껴지는 것이 사실이다. 당장 할 수 있는 일이 없다고 느껴지고, 지금까지 뭐하고 살았는지 삶을 부정하게 되고, 미래는 온통 먹칠을 당한 기분까지 들기 때문이다.

나는 '꿈쟁이'다. 꿈을 꾸며 살아온 지 어느덧 십여 년이 훌쩍 지났다. 그만큼 삶에서 여러 희로애락을 느꼈고, 그만큼 삶에 감사가 많은 것도 사실이다. 그럼에도 가끔씩 아직까지 꿈을 꾸는 내가 미워질 때가 있다. 어떤 이유든지 타인과 비교할 때다.

타인과의 비교가 삶을 살아가는 옳은 방식이 아니라는 것은 알지만, 어떤 이유든지 단 한 번이라도 비교가 시작되면 그날은 멈추지 않고 끊임없이 비교해야만 했다. 어떻게 해서든지 남들보다 부족한 것들만 찾으려는 습성이 그날따라 가속을 밟았고, 반드시 깊은 절망에 빠져야만 했다. 이때 누군가의 도움을 청하러 SNS를 뒤적거리며 "아무도 없어요? 저 좀 도와주세요."라고 외치고 싶었지만 그럴 만한 용기도 나지 않았다.

그래서 그런 날은 무작정 하늘을 보면서 "아무도 없어요?"라고 뱉어야 했다. '나의 진심 어린 절망이 하늘에 닿으면 위로를 줄까?'라고 생각했던 모양이다. 어쩌면 할 수 있는 것이 그것밖에 없었기 때문일지도 모른다. 그러나 하늘은 조용했다.

'넌 완전히 끝났어.', '패배자', '앞으로도 영원히 아무것도 할 수 없을 거야.' 등의 보이지 않는 세상의 조롱이 어쩜 그렇게 분명하고 뼛속까지 느껴지는지…. 암담했다. 삶에 지쳐 쓰러졌다.

그리고 이때, 반전이 일어났다. 사막의 오아시스를 발견하듯, 지친 삶에 '티몬'과 '품바' 같은 친구가 나타났기 때문이다. '신은 건디지 못할 고통을 주지 않는다.'라는 말이 문득 떠올랐고, 그 끝에 티몬과 품바를 선물했나 싶었다. 아직도 전혀 연관성 없는 이 두 친구와의 만남이 어떻게 시작되었는지 정확한 이유를 모르기 때문이다.

그저 예전에 찍은, 내가 나오는 에너지 넘치는 광고 영상을 보고 마음속으로 "나와는 절대로 안 맞는 타입"이라며 손사래 쳤던 이들이라는 사실을 아는 정도였다.

어쨌든 이 둘의 조합은 티몬과 품바처럼 내게 최고의 파트너가 되어 주었다. 티몬은 '도대체 왜, 어디가 웃기지?' 싶은 아주 작은 농담에도 "웃다 토할 것 같아."라며 배를 잡고 어린아이처럼 웃어 주었고, 품바는 '이런 게 고민이야?' 싶은 아주 작은 고민에도 공감을 넘어 눈물을 흘려 주기도 했다. 이들의 진입 장

벽이 낮은 웃음 코드와 공감의 깊이에 잃었던 자신감을 되찾게 되었고, 부정한 속삭임은 더 이상 들리지 않았다. 그리고 이들을 통해 굳이 어떤 감동적인 이야기나 조언을 하지 않아도 진심으로 웃어 주거나 깊은 공감을 하는 것만으로도 충분히 상대방의 자존감을 세울 수 있다는 사실을 배우게 되었다.

돌이켜 보면 삶에 있는 티몬과 품바를 발견하라는 뜻으로 삶의 절망을 경험했나 싶을 정도로 이들은 지금도 나의 팬을 자처하며 똑같은 리액션으로 무한한 힘과 격려를 주고 있다. 그래서 지금은 세상의 절벽으로 나를 몰아세우는 느낌이 들 때는 그것이 티몬과 품바와 같은 삶의 선물을 발견하라는 신호라는 생각도 든다.

'나도 누군가의 티몬과 품바일까?'

'앞으로도 많이 듣고, 많이 웃어 주어야겠다.'

그리고 외칠 것이다.

"하쿠나 마타타!"

〈나눔 질문〉

Q. 티몬과 품바 같은 친구가 있나요?

Q. 절망 속에서 발견한 삶의 선물이 있나요?

한 번만 사는
인생

자신의 길을 가고 싶은 사람
도전이 필요한 사람

　'한 번만 사는 인생'이라고 말했다. 최근 이슈가 된 '욜로(YOLO)' 라이프는 굉장히 구미가 당겼지만, 내 성향과는 맞지 않았다. 그렇다고 '티끌 모아 태산'도 나와 맞지 않았다. 무엇보다 욜로 라이프를 즐겼던 친구는 이제 더 이상의 욜로는 골로 간다며 절제를 배웠고, 티끌 모아 태산을 누렸던 친구는 적당히 베풀 수 있는 배포가 생겼다. 당시에 절대적으로 자기의 가치관이 옳다며 멋지게 살아왔지만 삶의 형태대로 조금씩 변해 갔다.

나 역시도 삶의 가치관이 조금씩 변했다. 세상의 기준에 부합하는 성공의 길을 따라야만 한다고 생각했는데, 이제는 나의 길을 조금 더 집중해서 걸어 보는 쪽을 선택했다.

'예전에 비해 왜 이렇게 생각이 변했을까?'라고 곰곰이 생각해 보면, 조금은 낯설 수도 있는 '죽음'이 단순히 '죽음'이라는 단어를 떠나, 실제로도 나에게 가까이 있다는 사실을 알았기 때문인 것 같다. 그러다 보니, 나에게 '한 번만 사는 인생'이라는 말은 '이제는 전전긍긍하며 살지 말고, 좋아하거나 하고 싶은 일에 끊임없이 도전하라.'라는 의미로 전달되었다.

십여 년 전, 수능 당일 옥상에 올라갔던 그 날이 떠오른다. 옥상에서의 느낌은 이랬다. 공기는 매섭고 차갑게 느껴졌고, 칠흑 같은 어둠이 나를 덮쳤다. 하늘에는 수많은 가상의 별이 보였고, 머리에는 그동안의 추억들이 주마등처럼 하나씩 지나가고 있었다.

'내가 죽은들 누가 날 알아줄까?'라는 생각이 뼈에 사무치도록 반복되었고, 외로움을 넘어서는 지독한 고독이 몰려왔다. 친구들은 '수능 보느라 수고했다.'라고 메시지를 보내왔지만, 수능을 망친 나에겐 그저 조롱처럼 느껴질 뿐이었다.

옥상에서 저 멀리 보이는 세상은 다양한 불빛으로 화려하게 빛났지만 나를 더욱 초라하게 만드는 조명으로 느껴졌다. 땅 아래에 짙게 깔린 어둠은 블랙홀이 되어 점점 날 빨아들이는 느낌이 들었고, 그곳 어딘가에 몸을 던진다면 우주를 여행할 것 같은 착각이 들었다. 그렇게 난간에 올랐고 곧 끝이었다.

하나, 둘, 세…

셋을 마저 외치려는 그 순간, 전화벨이 울렸다. 무언가에 취해 몽롱했던 나는 불현듯 전화를 꺼냈고, 번호를 확인했다.

당시에 다니던 학원 부원장 선생님의 전화였다. '그래도 지금까지 날 가르쳐 줬는데…. 마지막 감사 인사는 해야지.'라고 생각하여 전화를 받았다. 그러면서도 순간, '학원이니까 당연히 점수 물어보겠지?'라는 생각도 들었다. 그러나 부원장 선생님의 대답은 예상을 완전히 빗나갔다.

"아들, 어디야? 수능 보느라 고생했어. 학원에 피자 시켜 놨으니까 얼른 학원으로 와서 피자 먹어. 이따 봐."

툭, 그렇게 본인 말만 하시고 전화를 끊으셨다. 당황했지만 그 것이 평소 부원장 선생님의 모습이었다. 그렇게 갑작스러운 전화를 끊고, 다리에 힘이 풀렸다. 주저앉았고, 편하게 있고 싶어 바닥에 누웠다. 그리고 가만히 하늘을 바라보기 시작했다.

하늘에는 피자 두 판이 떠 있었다.

'5초 전까지만 해도 이 세상이 완전히 끝났다고 생각한 사람이 맞나?' 싶을 정도로 머리 위에 김이 모락모락 나는 페퍼로니가 가득한 치즈피자와 통통한 새우가 올라가 있는 쉬림프 피자가 떠오르는데… '나도 참…' 싶었다.

'아, 피자 먹고 싶다…'

나도 모르게 입맛을 다지고 있었다. 본능에 충실한 생각을 해서 그랬을까? 덕분에 일어난 작은 변화가 있었다. 무언가 환각의 세계에서 빠져나온 느낌이었다.

하늘에 보이던 수많은 가상의 별은 사라졌고, 땅에 있던 블랙홀은 보이지 않았다. 그저 하늘에는 구름과 달, 땅에는 나무와 꽃이 보일 뿐이었다. 그렇게 완전히 정신이 들었다. '어? 도대체 왜 그랬지?'라는 생각을 하며, 옥상에서 얌전히 내려와 학원으로 향했다.

이어 축 처진 어깨를 하고 학원에 나타난 나에게 부원장 선생님이 말했다.

"고생했어, 준기야. 피자 맛있게 먹고 다시 힘내면 되지, 뭐."

부원장 선생님은 어깨를 두드리며 피자가 있는 방으로 날 안내했고, 그날은 여러 감정이 복받쳐 혼자 피자를 먹으며 참 많이 울었다. 피자가 날 위로하는 느낌, 나의 아픔을 다 아는 느낌, 어려움을 공감해 주는 느낌이랄까?

그날, 죽음을 결정하기까지 많은 고민이 들지 않았다. 그냥 어두웠고, 앞은 보이지 않았다. 그래서 끝내려는데 무슨 운명의 장난이었을까? 피자가 날 살릴 줄은 정말 예상치 못했다. 그때 이후로 무언가 큰 깨달음이 생긴 것까지는 아니지만, 죽음에 대한 생각이 조금은 태연해지는 계기가 되었다.

이어 내가 원하든 원하지 않든 언제든지 죽을 수도 있고, 살수도 있다는 생각이 점점 짙어지기 시작했다. 그래서 언제 죽을지도 모르는 인생, 세상이 원하는 성공의 기준을 향해 목매며 살기보단 오늘 주어진 하루를 행복하게 살 수 있는 방법을 찾

작은오빠

아 가는 편이 좋다는 생각을 하게 되었다.

그러다 보니 이제는 그런 하루하루가 더해져서 어떤 일을 도전할 때도 지나친 걱정이나 염려보다 기대나 희망을 갖고 시작할 수 있게 되었고, 타인의 시선을 염려하는 대신, 나의 시선을 의식하며 나의 진심 어린 생각이 무엇인지를 중요시하기 시작했다.

이제는 할 말이 있을 땐 자신 있게 말할 줄 알고, 또 잘못된 부분이 있으면 당당하게 인정하고, 남 탓을 하기보다 자기반성을 우선으로 한다. 그런 요즘이 진짜 어른에 한 걸음 가까워진 기분이다.

지금까지 삶의 길에서 여러 이유로 죽음을 실제라고 느끼는 사람을 많이 만났다. 그리고 그것들을 극복한 사람도 많이 만났다. 그들의 이야기를 가만 듣고 있자니, 공통적으로 하는 말이 있었다.

"한 번만 사는 인생, 두려워하지 말고, 고민하지 말고, 너의 길을 가."

오늘따라 이 말이 나에게 또 다른 도전으로 다가온다.

〈나눔 질문〉

Q. 자신에게 맞는 인생 최대의 '욜로'는 무엇인가요?

Q. 죽음은 나에게 언제 찾아올까요? 찾아온다면 어떤 모습으로

오면 좋을까요?

Q. 죽기 전에 반드시 하고 싶은 일은 무엇인가요?

완급 조절

모임을 잘 진행하고 싶은 사람

자신이 조금 과하다고 생각하는 사람

무대에서 말하는 사람으로서 가장 중요한 것은 완급 조절이다. 완급 조절을 얼마나 잘하냐 못하냐 하는 차이가 프로와 아마추어를 분류하는 기준이 된다.

아마추어 시절, 완급 조절에 '대실패'했던 무대가 떠오른다. '오늘 진행해야 하는 공연은 댄스, 마임, 마술, 사물놀이, 난타

작은오빠

5개이고, 내게 15분 정도의 시간이 있네… 오프닝 5분, 클로징 5분, 중간 사이사이에 멘트 치면… 딱 맞겠다.'

무대에 올라가기 전, 나름대로 다짐과 같은 할 일과 멘트를 정리했다. 이어 '오늘은 어떤 관객들이 모일까?'라며 상상 속 무대를 머릿속에 그렸다. 이것이 곧 좋은 무대를 만들 수 있는 최적의 방법이었다.

그때, '똑똑' 하며 관계자분이 들어오셨다.

"오늘은 고등학교에서 단체 관람을 온대요."

"오, 몇 명이요?"

"1,500명이요."

"네, 알겠습니다."

짤막하게 대답했지만, 마음속은 조금씩 요동치기 시작했다.

'와… 1,500명이라니….'

사회를 보고 공식적으로 1,000명 단위의 관객이 오는 건 처음 있는 일이었다.

무대 시작 20분 전, 학교 차량들이 속속들이 공연장 주차장으로 도착하기 시작했다. 학생들은 차에서 내려 공연장으로 들어오기 시작했다. 선생님의 진두지휘 아래 학생들은 질서를 지키며 자리에 앉았다.

난 모든 과정을 무대 뒤에서 지켜보고 있었고, 계속 "와, 대박. 와, 사람 정말 많다."라고 반복했다. 그러면서 속으로 한 가지 생각이 피어올랐다.

'어떻게 하면 내 매력을 이 많은 사람에게 발산할 수 있을까? 날 각인시키고 싶은데….'

무대 5분 전, 꽉 들어찬 공연장을 보니, 내가 꿈에서나 보던 장면이 현실이 된 것 같았다. '와…'라는 감탄사만 계속 나왔고, "잘해야 해, 진짜 잘해야 해."라고 반복했다.

무대 1분 전이었다.

'자, 할 수 있다. 잘하자. 매력 발산하자.'

긴장되었지만 자신 있었다. 공연을 진행할 5팀의 무대를 순서대로 떠올려 보았다.

무대가 시작되는 음악 소리와 함께 내가 무대 중앙으로 춤을 추며 걸어 들어갔다. 익살스럽게 춤을 추는 모습에 학생들은 박장대소했고 온몸에서 에너지가 더욱 크게 뿜어져 나왔다. 이내 무대 중앙에 서서 시작을 알리는 인사를 했다.

"안녕하세요? 만나서 반갑습니다. 오늘 사회를 맡은 사람입니다."

공연장에 있는 모든 학생은 하나같이 공연장이 떠나가라 환호를 해 주었다. 그 순간, 정말 착각하게 되었다.

'나의 끼를 더 보고 싶어 하는구나…. 내가 누군지 더 각인시켜야지.'

그때부터 모든 것은 엉망이었다. 리허설 때 추지 않았던 춤도 추고, 멘트도 무대 진행을 위해 필요한 말은 하지 않고 사리사욕을 채우기 위한 말들만 뱉기 시작했다. 학생들은 좋아했고, 환호할수록 나는 오늘의 역할을 잊었다.

'나에게 주어진 시간은 15분. 오프닝 5분, 클로징 5분, 중간에 5분….'

뒤에서 무대를 기다리는 공연 팀 생각은 하지 않았다. 오프닝 시간은 15분이 지나갔다. 급하게 뒤에서 다음으로 넘기라는 의미의 손짓을 하는 것을 보았다. 그래서 급하게 첫 무대인 마술 공연을 소개하게 되었다.

"첫 공연을 이제는 해야 할 것 같아요, 마술사를 소개합니다."

멘트와 함께 마술사 등장 음악이 흘러나왔고, 나는 급하게 무대를 빠져나가야 했다.

이때, 대형 사고가 터졌다. 리허설 때 표시해 놓은 선을 무시하고 뛰어가다 마술 도구에 걸려 넘어졌고, 준비한 마술 도구를 엎은 것이다.

"하아…."

무대 뒤에서 이 광경을 지켜보던 팀원들의 깊은 한숨 소리가 들렸다. 순간 머리가 하얘졌지만, 다시 무대로 나가 마술 도구 정비할 시간을 벌어야 했다. 이래저래 10분이 더 지나서야 첫 공연을 시작하게 되었다. 결국 그날 준비된 모든 공연 무대는 나의 욕심으로 인해 절반만큼만 선보여야 했다. 노래도 1절만 하고, 사물놀이도 중간에 건너뛰는 등….

난 아직도 그날의 실수가 어제 일처럼 생생하다. 이유를 떠나 그날은 완벽하게 완급 조절에 실패했고, 동료들이 피해를 보아야 했다. 기죽은 모습에 동료들은 "괜찮아, 그럴 수도 있어."라며 너그럽게 용서해 주었지만, 그날 이후 완급 조절의 중요성에 대해 많은 생각을 하게 되었다.

그리고 문득, 과거의 일상에서 완급 조절을 하지 못해 사고를 쳤던 많은 순간이 떠올랐다.

헬스장에서 '왠지 오늘은 컨디션이 좋다.'라고 생각하여 평소

드는 중량보다 무거운 기구를 들다가, 팔꿈치를 다쳐서 운동을 1년 쉬기도 했다. 술을 먹을 때도 '기분이 좋다.'라고 생각하여 마음껏 먹다가 일주일 동안 고생한 기억도 났다. 모임에서 즐거운 분위기를 연출하려다 텐션을 주체하지 못해 누군가에게 민폐도 끼쳐 보았다. 음식을 만들 때도 특유의 향신료 맛이 좋다며 너무 과하게 넣어서 음식을 버렸던 기억도 났다.

'참 사고도 많이 치고, 마음대로 잘 살았다.'라는 귀여운 생각이 든다. 이런 과거가 있었기에 이제는 자유자재로 완급 조절을 할 수 있는 것 같다. '어떻게 그렇게 완급조절을 잘해요?'라는 질문을 종종 듣기 때문이다. 그래서 나만의 방법이지만 도움이 되길 바라며, 작은 노하우를 말하고 싶다.

먼저, '내가 생각하는 것이 틀릴 수도 있겠구나.'라는 것부터 시작해야 한다. 내 생각이 옳다고 생각하는 그 순간부터 완급 조절은 상당히 힘들어진다. 대화를 예시로 들자면, 자신의 옳음을 증명하기 위해 주변의 시선은 신경 안 쓰는 경우가 많다. 이와 같은 경우는 '눈치도 없는 이기적인 사람'이라는 애칭을 얻을 수 있다.

둘째로, 모임에서 자신의 텐션 완급 조절에 어려움이 있다면 자리를 피하는 것이 하나의 방법이다. 물을 뜨러 가거나 화장실을 가는 행동이 가장 좋은 예시다. 그 몇 걸음을 옮기면서 자연스럽게 텐션이 조금은 가라앉을 것이기 때문이다. 이것은 실제로 내가 가장 많이 하는 행동이다.

마지막으로 완급 조절에 대한 생각을 자주 해야 한다. 이렇게 하면 눈치가 생기고, 자연스럽게 자신의 행동을 스스로 자제하려는 욕구가 생길 것이다.

'그렇게 살면 내 개성이 없어지는 거 아니야?'라고 생각할지도 모르겠다. 그러나 완급 조절이 자유자재로 될 때, 당신의 진짜 개성이 돋보일 것이다. 내가 그랬던 것처럼.

만약 요즘 삶에 완급 조절이 중요하다고 생각한다면, 이제 바쁜 삶 속에서 숨 좀 돌릴 줄 알아야 한다. 숨을 돌리다가도 다시 바빠질 줄도 알고, 기분이 좋다가도 차분해질 줄 알고, 차분하다고 텐션을 올릴 줄도 알고 말이다. 그렇게 균형을 잡아 가는 삶이 진짜 어른이 되는 길이 아닐까?

〈나눔 질문〉

Q. 살면서 완급 조절에 실패했던 경험이 있나요?

Q. 자신만의 완급 조절 방법이 있다면 무엇인가요?

한 치도
알 수 없는 인생

윤택한 삶을 살고 싶은 사람
감사하는 삶을 살고 싶은 사람

한 치 앞도 바라보지 못하는 인간의 목숨이랄까? 인생은 참 알 수 없는 것 같다.

불과 몇 개월 전까지만 해도 삶에서 후회되는 일을 떠올리라 면 대학교 축제 사회를 보다가 아이돌 기획사 실장의 영입 제안

작은오빠

을 거절했던 사건이 떠올랐다. 그 후 매년 성장하는 기획사를 보며 '아, 그때 무조건 거절하지 말았어야 했는데…'라며 아쉬움을 달고 살았지만, 최근 그 기획사는 뉴스에 자주 오르락내리락하게 되었다. 지금 생각해 보면, 만약 그때 운이 좋아 계약이라도 했다면 누구보다 외향적인 성격인 내가 뉴스에 나오지 않았을까? 아니라는 보장은 없을 것 같다.

이처럼 내가 정말 원했던 것이 때론 인생 최악의 실수가 되기도 하고, 전혀 기대하지 않았던 일이 흔히 말해 '대박'이 되는 경우도 있는 것 같다. 또 내가 확신했던 어떤 것이 틀렸음을 인정하게 될 때도 있고, 내가 거짓이라고 생각했던 것이 진실이 되는 경우도 있는 것 같다. 참 인생은 알다가도 모르겠다.

누구보다 건강하다고 장담하며 살았는데, 이제는 예전만큼은 못하다. 건강 염려증까진 아니지만 어디가 조금만 아파도 '큰 병이 아닐까?'라는 걱정이 든다는 것이 그 증거이다. 요즘 "조금이라도 어릴 때부터 건강을 챙겨야 한다."라고 했던 어른들의 말이 조금씩 납득하고 있다. 건강만큼은 장담하며 "나에겐 상관없을 일이야.", "나와는 무관한 일이야."라는 말을 내뱉었던 철없는 과거의 모습이 다시금 떠오른다.

그래서 이제는 한 치도 알 수 없는 인생, 조금은 힘을 빼고 편안하게 살기로 했다. 경쟁하지 않고, 비교하지 않으며, 특별한 계획도 하지 않고, 좋으면 좋은 대로 싫으면 싫은 대로 흐르는 물에 떠다니는 나뭇잎처럼 살기로 했다.

흐르는 물에 떠다니는 나뭇잎처럼 살기

실제로 그렇게 살다 보니 삶의 작은 변화가 있었다. 먼저는 내뱉는 말의 변화였다. 예전에는 툭툭 "그래서 뭐?", "어쩌라고?"라며 상대방을 몰아세우는 말투가 잦았는데, 이제는 "아, 그렇구나.", "그럴 수도 있겠다."라며 공감하는 말이 잦아졌다(공감을 많이 한 탓일까? 이즈음 생긴 친구가 정말 많다).

또 한 가지는 '나만을 위해, 나만을 위한, 나에 의해서'라고 이기적으로 생각했던 것들이 바뀌게 되었다. 무슨 일이든 '내가 잘해서.'라는 마음가짐으로 살았던 것 같은데…. 이제는 '네가 잘해 줘서.'라며 상대방의 손을 들어 줄 수 있게 되었고, 이것은 세상에 얼마나 대단하고 멋진 사람이 많은지에 대한 지표가 되어 주었다.

작은오빠

이런 작은 변화들이 곧 세상천지에 관심을 갖게 만들었다.

관심은 다양한 분야의 사람들과 소통을 할 수 있는 가장 큰 역할을 했다. 내가 몰랐던 이야기, 습관, 생활 등 지식이 아닌 새로운 삶의 장르가 생겨났다.

이것은 곧 '사람들의 삶 이야기'로 정리되었고, 저마다 삶을 살아가는 다양한 방법이 다시금 '그래, 할 수 있다.'라는 응원의 이야기로 전해졌다.

지금까지 난 누구보다 욕심꾸러기였으며, 이기적이었다. 경쟁을 좋아했으며, 남을 밟고 일어서는 것이 내가 사는 이유라고 생각했던 적도 있다. 왜 이런 생각을 하며 살았는지, 언제부터 이런 생각을 시작했는지 모르지만 무언가 피라미드 꼭대기에 있어야만 할 것 같은 느낌이 그렇게 나를 만들었던 것 같다.

그러나 이제는 사랑이 충분히 행복하게 사는 이유가 될 수 있음을 알게 되었다. 이제야 비로소 사람답게, 나답게 살아가는 방법을 알게 되었다고 생각한다. 덕분에 앞으로 내가 살아가는 이유가 조금은 명확해졌다.

'내가 느꼈던 모든 사랑을 때론 마이크를 통해, 때론 글을 통

해 하나씩 전하는 것'

그래서 지금까지 깊게 생각하지 못했던 말하기와 글쓰기를 시작한 것 같다. 오늘따라 마음이 따뜻해지는 기분이다. 따뜻한 차 한잔 마셔야겠다.

삶에서 멀리 가면 갈수록 그만큼 진리에 가까이하는 것이다.

- 소크라테스

이 말이 위로가 된다.

〈나눔 질문〉

Q. 자신이 최악이라고 생각했던 선택이 최선으로 바뀐 경험 혹은
최선의 선택이 최악으로 바뀐 경험이 있나요?

Q. '흐르는 물에 떠다니는 나뭇잎처럼 산다는 것'에 관해 어떻게
생각하나요?

Q. 사는 이유가 있다면 어떤 것인가요?

참으로 감사한 하루

"돈이 많으면 어른이야."
"배움이 많은 사람이 진짜 어른이야."
"학벌이 좋으면 어른이야."
"사회적 지위가 높아야 진짜 어른이야."

어른의 조건을 물었을 때, 그리고 이런 대답이 돌아왔을 때, 할 수 있는 것은 한숨을 '푹푹' 내쉬는 일이었습니다.

'그래, 나는 어른이 될 수 없구나.'라고 생각하여 기죽어서 벤치에 앉아 하늘을 올려다보았고, 어렸을 때 학예회에서 임산부 옷을 입고 기죽어 있던 때가 떠올랐습니다.

．．．．

그리고 그때 했던 선생님의 말씀이 떠올랐습니다.

"준기야, 선생님 봐 봐."

눈을 감고 그때를 떠올렸습니다. 그리고 프롤로그에서 말한 것처럼 응원해 주었던 많은 어른을 떠올렸습니다.

그리고 머리에 스치는 것이 있었습니다.

'그래, 진짜 어른은 어떤 방식으로든 힘을 주는 사람이야.'

'그럼, 그럼 힘을 빼는 사람은 진짜 어른이 아니지!'

이 책은 그렇게 시작되었습니다.

시간이 지나, 글을 마치는 오늘 다시금 생각합니다.

'진짜 어른이라고 언제쯤 말할 수 있을까?'

누군가의 응원이 되고 싶었고, 누군가가 발돋움할 수 있는 발

・ ・ ・ ・

판이 되길 원했습니다.

누군가에게 사랑을 전하고 싶었고, 누군가에게 고마움을 표현하고 싶었습니다.

그렇게 책이 누군가의 또 다른 힘이 되었으면 좋겠습니다.

지금 드는 감정은 차분함. 담대함. 고마움, 그리고 감동입니다.

"진짜 어른이 무엇일까?", "진짜 어른이 되고 싶다."라고 무수히 묻고 답하며 글을 써 내려갔던 하루하루가 모두 기억이 납니다. 또 그날마다 만났던 많은 사람도 생각납니다.

부족할 수도 있는 글을 읽고 공감해 주신 여러분께 먼저 감사를 드리며, 물심양면으로 도와주시는 모든 분에게 감사드립

· · · ·

니다.

이번 책이 정말 끝났구나 싶습니다. 오늘따라 유난히도 감사
한 하루입니다. 행복하세요.

마이크 잡는 예술가

정준기 드림